大活字本シリーズ

岩井三四二

あるじは信長《下》

埼玉福祉会

あるじは信長

下

装幀　関根利雄

目次

あるじは信長

天下を寝取る

——同朋衆（どうぼうしゅう） 住阿弥（じゅうあみ）

一

天正六年（一五七八）九月二十七日の朝。

信長の宿所、二条御新造の中は慌ただしい声が飛び交っていた。

信長が今日、大坂表へ出立するのである。

供をする家来たちは出立前の支度に忙しく立ち働いていた。

「これ、五郎、門の前を掃除したか」

住阿弥は、小者たちの住み処である対屋で、土間の隅に気楽そうに腰かけていた五郎に声をかけた。

「へえ、いつものように掃いておきました」

五郎の返答に、住阿弥は目をつり上げた。

「いつものように？　とんでもないことじゃ。今日は上様がご出立じゃと知っておるのか」

「はあ」

「はあとは何じゃ。さっき見てみたら、門前には枯れ葉が積もって渦を巻いておったぞ」

「そりゃあ秋じゃもの。枯れ葉など、いくら掃いてもあとからあとから落ちて来ますする」

「そなた、上様のご気性を存じておらんのか」

「……はあ。ご気性で？」

「ええい、この愚か者が。そんなことでこの御新造のお掃除番がつとまると思うてか！」

声も鋭く住阿弥は叱りつけた。

「上様は、下々の緩怠をことのほか嫌われる。去年の暮れに三州吉良へ鷹野においでになってのお帰りに、馬の口取りがお手討ちにあったのじゃぞ」

「お手討ちに？」

「さようじゃ。その者はな、上様の替え馬を引いてずっとうしろを歩んでおった。上様のお目がとどかぬと思っておったのじゃろう。へらへらと仲間どもとたわむれながら歩いて、挙げ句に道脇で草を刈っておった在所の娘をからかってな、行列から抜けて追いかける始末じや」

「……」

「上様は勘が働いたのか、天の思し召しなのか、ちょうどそのとき替え馬をご所望になった。小姓が急ぎ命じに行くと、その者がおらぬ。これはあるまじき緩怠となって、その者は上様の前に引き出された。上様はすべてお見通しじゃ。何も聞かず、『そこへなおれ』と命じるやお腰の左文字の佩刀に手をかけられ、抜く手も見せず！」

住阿弥はばっさりと斬り下ろす仕草をしてみせた。

「馬の口取りの頭蓋はまっぷたつじゃ」

五郎の顔色がさっと変わる。

「ほかにもお手討ちにあった者は数知れん。おお、恐や恐や」

「そ、それじゃもう一度……」

立ち上がり、自分の箒をさがしはじめた。

「一度どころか二度も三度も掃き直してこい。塵ひとつでも落ちていたら、そなたの首は胴体から離れると思え」

箒を手にあわてて門へ向かう小者の後ろ姿に、

「これじゃから京の者どもは。いつも上様のお側にはべっておらんから、考えが甘いわい」

とため息混じりの言葉を投げつけた。

「わしは上様が京へ上られて以来、十年ほどもお仕えしてきたが、あれほど賞罰のきびしい主人は世に二人とおらぬぞよ」

住阿弥は不機嫌な目で周囲を見回した。

「おさと！」

と前垂れで手を拭きながら土間に入ってきた下女を手招きした。

「なんでっしゃろ」

若い下女は目をくりくりさせながら寄ってくる。

「そなた、お供衆に持たせる腰弁当なりとも、作ったか」

「いえ……。そんなこと、言われてませんよって」

困った顔をする下女に、住阿弥はとんでもないというように首をふった。

「言われずとも、おのれの才覚でよいと思うことをする。さような気働きこそ、上様が家来衆にもとめておられるものじゃ。大坂までの道中、お供衆が腹を減らしたらなんとするつもりじゃ。それで道行きが遅れることもあろうに。さすれば上様は何とお考えになるか。これは端女(はしため)が気が利(き)かぬせいじゃと」

「へえ……」

「上様はな、女といえど容赦はせぬぞ。お手討ちにされたくなかったら……」

「お手討ち！」

「おうよ。上様は怠け者を嫌われるでな。今からでも遅くない。朝の残り飯で握り飯をこさえて、お供衆にもたせてやれ。それがそなたの仕事じゃ」

「へ、へえ」

びっくりしたように言うと、若い下女は台所へと飛んでいった。

ひとつうなずくと、住阿弥はまた周囲を見回した。

ついで目に入ったのは、自分とおなじく頭を剃り上げ、袴をはいた同朋衆だ。

「こりゃ、真阿弥！」

板の間にすわっていた若い同朋衆はゆっくりと向きなおったあと、小声でぽつりと漏らした。

「来るなら来い」

「おや、誰が来るのや」

「いえ、別に」

真阿弥は目を伏せて仏頂面で応える。住阿弥はかまわずに、

「そなた、上様のお供をするのじゃな」

とつづけた。

「はあ」

「ならば茶道具の支度はしたか」

「いたしてござりまする」

真阿弥は馬鹿ていねいに頭を下げた。

引っかかったなというように住阿弥は目を光らせ、唇の端をあげた。

「なぜさようなことをする」

「は？」

顔をあげた真阿弥は目をむいた。

「茶道具は上様の宝物じゃ。勝手に持ちだしてよいものではないわ」

「し、しかしいつもは……」

「いつもはいつもじゃ。こたび上様は大坂のほかに堺へも行かれる。堺といえば茶の湯の本場じゃ。堺の商人たちは、ずいぶんと茶道具の名物を持っていよう。上様はその名物をとりあげなさるつもりじゃろう。そんなときに上様も名物を持っていなされば、どうなる。代わりにひとつ進ぜよう、となるではないか。さようなことを上様は好まれぬ。その場は笑顔でおさめても、いらぬことをするやつじゃと、茶道具を持っていったそなたはあとでお手討ちじゃ」

真阿弥はぽかんと口を開けて住阿弥の話を聞いていたが、やがて頭をかき、

「……もどして来まする」

と言って駆け出した。

住阿弥は一瞬、唇をゆがめたが、すぐに真顔になってつぎの獲物をさがしはじめた。

二

色とりどりの甲冑(かっちゅう)を着た千人あまりの警固衆を引き連れて、信長は朝遅くに御新造を出立した。ゆるゆると馬を打たせて、今晩は京の出口、男山八幡(おとこやまはちまん)で泊まりだという。

同朋衆や小姓など、身の回りの世話をする十数人もお供をしたため、御新造は急に静かになった。

信長一行を見送ったあと、住阿弥はしんとした御新造の中を見て回った。

この二条御新造は、下京の押小路室町にある。

信長の宿所だけに、城というほどではないが、濠と土塁で囲まれ、門には頑丈な扉が設けられている。もともと公家の二条殿の屋敷だったが、池庭の美しさを信長が気に入り、屋敷のあるじである二条晴良には代わりの屋敷を与えて転居させ、そのあとを自らの宿所として改築したのである。したがって今も敷地の南半分には、奇岩や枝振りのいい樹木を配した美しい池が広がっている。

大手門の近くには遠侍があり、そのそばに厩がある。下男下女たちの住み処である対屋は、厩のさらに奥に位置している。

留守宅となった今日は遠侍には若侍がふたりだけ、厩にいたっては怪我をしたり元気のない馬が四、五頭繋がれているだけだった。

住阿弥は若侍にじろりと遠慮のない視線をくれてから、奥へと向かった。

遠侍の背後には板塀があり、奥との境になっている。ここに中門があるが、中門をくぐれるのは限られた者だけである。門番に軽く礼をされて、住阿弥は門をくぐった。

池庭を囲むように会所(かいしょ)と泉殿(いずみどの)がある。

会所は客が来たときに接待をするための、茶会もできる大きな建物である。住阿弥は陽(ひ)のあたる広縁から広間にあがり込んだ。

十六畳の広間には、もちろん誰もいない。住阿弥は指で埃(ほこり)のつき具合をみたりして、しっかりと掃除が行き届いているか、隅々まで点検した。

「むう」

住阿弥はにやりとした。何カ所か埃のたまっている場所があったのだ。

会所の裏手には常御殿（つねごてん）がある。信長が日々寝起きする場所である。会所とおなじくらいの広さだが、広間がない分、部屋数は多い。南向きに座敷があり、北側に同朋衆や小姓衆の控えの間が設けられている。住阿弥の部屋もここにある。

住阿弥は先祖代々、同朋衆として足利将軍家に仕える家に生まれた。同朋衆は将軍に近侍して茶の湯や連歌（れんが）、絵画などの世話をする職で、住阿弥の得意は茶の湯だが、歌も詠（よ）めば花も生（い）ける。永禄（えいろく）年間に信長が上京したときに、みずから申し立てて信長に仕えて以来、住阿弥は信長の同朋衆として側近くにはべっていたが、今年のはじめからは二条御新造の奥向きの支配をまかされ、ここに住み着いていた。

南向きの座敷は信長が昼間使う部屋で、御座所とよばれ、十二畳敷である。柱は木目の美しい檜(ひのき)で、畳の縁には金襴(きんらん)が用いられているし、襖(ふすま)は金箔(きんぱく)をふんだんにつかって豪壮な松や虎が描かれている。

その奥にある部屋の前で、住阿弥は足を止めた。重々しい樫の板で作られた引戸(ひきど)の向こうは、信長の寝所(しんじょ)である。

奥向きを取り仕切る住阿弥といえど、ここにだけは入ってはいけないことになっている。

掃除も夜具の上げ下げも、信長が信頼する小姓がしており、住阿弥だけでなく、決して余人を近づけないように命じられていた。

うわさではこの寝所はいたるところに金銀や宝玉が飾られ、その豪奢なこと、極楽もかくやというほどだという。

男と生まれたからには、一度はそんな寝所で美姫をはべらせて一夜を過ごしたいものだが、それは夢のまた夢である。同朋衆として信長に近侍している住阿弥は、信長の持ち物のようなものだ。四六時中命を待っていて、自分の家も自分のための時間も持てない。女房を持つなどとんでもなかった。

しばらく引戸をにらんでから、住阿弥は首をふって歩き出した。

常御殿の西に信長の側室や侍女たちがはべる長局がある。奥向きと称され、そちらにも住阿弥は立ち入ることを禁じられている。ちらと目をやっただけで通りすぎた。

対屋にもどると、居残りの下男下女たちをあつめた。

「よいか、上様は今朝、ご出立されたが、ここで気を緩めるでないぞ」

住阿弥は威圧するように言った。

「いま会所と常御殿を見て回ったが、埃だらけじゃ。広間の西の隅、二の間の北側、北向き書院の上。みな埃がついておる。上様がお気づきなされたら、また雷が落ちるぞ」

あつめられた男女がまたかという顔で左右に目を走らせる。住阿弥はいっそう声を張りあげた。

「なに、格別なことをせよとは申しておらん。誠意を尽くして上様にお仕えせよと申すだけじゃ。上様に誠心誠意お仕えする気持ちがあるなら、決してかような緩怠はありえぬことじゃろうが」

住阿弥の咆哮に、みな目を伏せた。

「身を捧げてお仕えすることこそが肝要じゃ。さすれば上様も感じ入られて、きっとご褒美をくださる。逆に仕事などはこれまでよとばかりに、決まり切ったことしかしなければ、その心が面に出る。やがては上様のお怒りに触れて、その身は刀の錆になろうぞ」

脅すように言い放つと、

「たとえ上様がご不在であろうと、怠けることはこの住阿弥が許さぬ。よいか、いますぐに掃除をやりなおせ！」

と命じた。いっせいに不満のため息が漏れたが、声にはならない。

下男下女を持ち場に走らせると、住阿弥は自分の部屋にもどり、頭巾をかぶった。

「わしは上様の身をお守りしていただくため、これより諸寺に願掛けにまいいる。洛外まで足を延ばそうと存ずるでな、帰りは遅くなる。裏門をあけておいてくれ」

と言い残して門へ向かった。

「これ五郎、何をしておる。油を売っておらんと、門の前を清めんか」

門の内の日なたにすわりこんでいた五郎に声をかけた。五郎はあわてて立ち上がって箒をもった。

供も連れず、住阿弥は室町通りを南へと歩く。御新造から離れるにつれ、頭巾で隠した顔がほころんでゆく。

——これで七、八日は羽を伸ばせるな。

室町通りを歩きつつ、そう勘定した。あの調子だと上様の一行が大坂へ着くのはあさってになる。大坂で何の用事があるのか知らないが、二日ほど滞在し、そこから堺へ行くのだろう。堺でも二日滞在し、ゆっくり二日かけてもどってくるとすれば、まず帰ってくるのは十月四日ごろか。

安堵を越えて歓喜が身体(からだ)の中を駆けめぐっている。

信長の側に仕えていると、休みもろくにとれず、四六時中気を張り詰めていないといけないのである。今から何日かは、あの息詰まるような緊張を味わわなくてすむのだ。

「うああ、あーあ」

思わず声を出して伸びをしてしまった。道行く者たちが何ごとかとふり返る。しまったと思い、住阿弥は頭巾を深々とかぶりなおし、足を速めた。

檜物屋町(ひものやちょう)にある材木商、井筒屋(いづつや)の前まで来ると足を止め、左右を見回した。知った顔がいないのを確かめてから、素早く暖簾(のれん)をかきわけて中へ入った。

「ご亭主はござるかな」

ここの主人は御新造を建てたときに用材をととのえた出入り商人である。住阿弥は茶会で知り合い、これまでに織田家や諸大名との商売の便宜を図ったりしている。

「これは住阿弥どの、ようお越しなされた」

亭主はすぐに出てきた。

「いやあ、くたびれたくたびれた。ご奉公も一心にすると疲れるものでな、ちと骨休めにまいってござる。しばし休ませてくだされ」

これだけ言えば、亭主には十分に通じる。

「それはそれは。では別宅を支度いたしまするゆえ、それまでゆるりとなされませ」

奥の、坪庭に面した八畳間に案内された。

ここまで来れば安心だった。亭主は心得ていて、茶のような不粋なものは出てこない。酒と肴が出され、若い下女が酌をしてくれる。

下女の手をとり、その柔肌（やわはだ）を撫でていると、「支度、とののいましてござりまする」と亭主が呼びに来た。ほいほいと応じ、また頭巾をかぶって店を出ると、一町ほど離れた別宅まで歩いた。

別宅は、破れ寺の裏手に通りから離れてひっそりと建っている。周囲は竹林で、静かなものだ。

門をくぐり、庭の濡れ縁からあがって杉戸を開ける。

「いらせられませ」

と細く美しい声がかかった。部屋の中には白い水干を着た女たちが平伏していた。白拍子である。その数、五名。脂粉の匂いが部屋に満ちている。

「お呼びくだされまして、ありがたき仕合わせに存じまする」

真ん中にすわる者があいさつをすると、五人とも顔をあげた。住阿弥は鷹揚にうなずきながら上座にすすみ、膳の前にどっかりと腰を下ろした。

「やあ、いい眺めじゃ。いつもながら花畑にきたようじゃわ」

住阿弥が楽しそうに言うと、きゃあと嬌声があがる。

「住さま、こたびはなかなかお呼びがかからず、気を揉んでおりましたよ」

とさっそく右脇にきた女が、笑顔でうらみごとを言う。

「いやあ、そうそうわしも暇ではないぞ」

「まあ、こちら、お見限り」

女が住阿弥をぶつ仕草をし、流し目をくれる。

「ささ、おひとつどうぞ」

と左から瓶子(へいし)が伸びる。

「おっと、あまり過ごしてはな」

と言いつつ住阿弥は盃をうける。そのうちに琵琶の調弦がはじまり、鈴がしゃらんと鳴った。若く美しい白拍子が扇を持って部屋の中央に立った。住阿弥お気に入りの女である。

「いよっ、待ってましたぁ」

住阿弥は大声を張りあげた。また、きゃあと媚びるような声があがった。若い白拍子が舞いはじめると、相好（そうごう）を崩して住阿弥は盃を口にする。

三

翌日も、住阿弥は朝のうちに下男下女どもを叱りとばしておいて、午後になると御新造を出た。

今度は上京の商人のところへ顔を出し、賭け物を出し合っての連歌である。百韻詠むうち、もっとも多くの句数を詠んだ者が賭け物をひとりじめにするのだ。

さすがに一位にはなれなかったが、終わったあと、酒を飲んでは謡をうなったりして大騒ぎとなった。

——かようなことは、上様が京にござるかぎりできぬからな。

遊ぶならいまのうちである。

帰りは昨日同様、暗くなってしまった。

——あまり連日遅うては、下々の者どもに怪しまれるわい。

と思ってひやひやしながら足早に室町通りを歩いていると、四、五間（八、九メートル）前に横道から出てきた者がいる。市女笠をかぶった女である。小女をひとり連れていた。

——おや。

住阿弥の目は女の後ろ姿に釘付けとなった。

黒の地に紅梅を描いた小袖は、どこかで見た憶えがあった。背格好も、かすかに記憶にある。しかも女は住阿弥とおなじく、御新造の裏門に向かって歩いているではないか。

——ははあ。

ぴんときた。自分と同じく、鬼の居ぬ間に命の洗濯をしていた者か。

住阿弥は気づかれぬよう、女と距離をとった。そして女が裏門から入ってゆくのを見とどけた。

翌日、住阿弥は朝から御新造の中を歩き回り、昨日見た女をさがした。

市女笠に隠れて顔は見えなかったが、背格好でだいたいわかるものだ。しかもあれだけ上等な絹の小袖を着られる女は限られている。

女はすぐに見つかった。

——さい殿か。

安土城から信長に同行してきた侍女である。年のころは三十前後か。若いころに信長の枕席（ちんせき）にはべったというが、子を孕（はら）まなかったせいか、信長の側室としてのあつかいは受けていない。だが侍女として信長の身の回りの世話をしているから、信頼はされているようだ。

年増（としま）といえど、信長の目にかなっただけあって、臈長（ろうた）けた美女である。すっと通った鼻筋、切れ長の目、薄く形のいい唇など、白拍子とは段違いの気品を漂わせている。

同朋衆と侍女の間柄だから、住阿弥は以前から見知っているが、これまではとくに意識したこともなかった。

しかし見れば見るほどいい女だ。

——あんないい女を……。

空き家にしておくとは、なんともったいないことか。

住阿弥は唇をかんだ。こちらは女房ひとりいないというのに。自分の頭の上で威張りくさっている男に、あらためて憎しみを感じた。

朝のうちは下男下女に掃除や庭の手入れをさせるのに忙しかったが、そのあいだも長局が気になって仕方がない。ちょくちょく目を走らせていると、さい殿が市女笠を小女にもたせ、門に向かう姿を発見した。住阿弥はあわててその場の始末をつけ、「よいな、決して怠けるでないぞ」と下男たちに言い聞かせておいて、頭巾をかぶって外出した。

幸い、さい殿の後ろ姿はすぐに見つかった。

あとをつけてゆくと、市女笠をかぶったさい殿は室町通りを南へと歩いてゆく。供をしている小女は小さな風呂敷包みをもっている。しばらく歩いて三条室町の十字路に出た。ここは酒屋や扇屋、畳屋など店が多く、にぎわしい界隈(かいわい)だ。そのうちの一軒に、風呂敷包みをもってさい殿は入っていった。小女は外で待たせている。

――庵屋(いおりや)か。

茶道具をあつかう店である。住阿弥もよく知っている。

なにを買おうとしているのか、さい殿はなかなか出てこない。立って待っているのも、怪しまれそうでむずかしい。住阿弥は通りの向かいにある扇屋に入り、そこの板の間に腰かけて店の者と話をしつつ、さい殿が出てくるのを待った。

小半刻（三十分）ほどでさい殿は店から出てきた。

おやと思った。風呂敷包みがなくなっている。

ゆっくりとあとをつけてゆくと、さい殿はまた店に入った。店頭には美麗な小袖が飾られている。唐渡りの絹物をあつかう店である。

住阿弥はそっととって返し、庵屋に入った。

「ごめんよ。亭主殿はござるかな」

なにしろ信長の同朋衆である。町の衆に顔はきく。亭主はすぐに出てきた。

「これは住阿弥さま、久々のお越しで。今日はなにを進ぜましょうか」

満面の笑顔で揉み手までしている。

「いや、そうではない。ちとたずねるが、いま女房殿が入ってきたじゃろ。なにを買っていったのかな」

「ああ、あのお方。いや、買っていかれたのではございませぬ」

なにげなく尋ねたのだが、亭主はおどろくべき話をしてくれた。

四

その夜。

住阿弥は常御殿の控えの間で、明かりをともしてすわっていた。控えの間は信長が昼間を過ごす十二畳の御座所に接し、造り付けの棚に水差しや碗などが置いてある。西向きで、明かりとりの障子が廊下に面している。

待っていると、廊下から衣擦れの音が聞こえてきた。誰かが障子の前で止まった。音もなく障子が開いた。

「さい殿じゃな」

「さよう。住阿弥どの。これはなんの真似でしょうか」

さい殿はしずかに控えの間に入ってきた。一瞬、部屋の中を見回したが、すぐに目を住阿弥に据えてきた。

「ま、そう申さずに。悪い話ではないわい」

住阿弥は微笑みかけたが、さい殿は笑っていない。

「無礼を申すのなら、こちらにも覚悟があります」

いきなり喧嘩腰だ。

「無礼。ほほう。あの文(ふみ)が無礼と」

「わけも書かず、いきなり控えの間に来い、では無礼と申すほかありませぬ」

さい殿は懐(ふところ)にはさんでいた紙をとりだし、住阿弥に突きつけた。

「いや、これは失礼。じつはあなた様をお助けしようと思うてしたことじゃが」

「助ける？　わらわを？」

さい殿は疑わしそうな目になった。

「さよう。お助けしようと。なにせ上様の前で悪事が露見すれば、誰であろうと首が飛びましょうからな」

「悪事！　そなた、わらわが何をしたと申すのじゃ」

目をつり上げて、さい殿は高い声を出した。

「棗（なつめ）の茶入れ」

にやりと笑って、住阿弥は言う。

さい殿が息をのみ、動きが止まった。

「お心当たりがありましょうに」

「………」

さい殿は下を向いてしまっている。

「やはりあなた様でしたか」

住阿弥は勝ち誇ったように言う。

「庵屋はわしの懇意の店でしてな、なに、京の茶道具の店は、みなよう知っておりまするが、なかでも庵屋は古くから……。そこへ今日、たまたま顔を出しましたら、なんとこの棗の茶入れがあるではありませぬか」

そう言ってさい殿の反応をうかがうが、さい殿は下を向いて身体を硬くしたまま、身じろぎもしない。

「これは上様がお持ちの道具の中でも、名物とは申せませぬが、愛着をお持ちの品にござる。わしが見違えるはずはありませぬ。どうしてここにとおどろいて問い質すと、ついさっき売りに来られたと申す」

さい殿はやはり何も言わない。住阿弥は嗜虐的な喜びが胸の底に芽生えるのを感じた。

「亭主は、ひと目でよいものと見抜いたそうで、よい買い物をしたとほくそ笑んでおったが、わしが上様の持ち物じゃと申すと、それは知らなんだと腰を抜かしておりましたな。それはそうじゃ。上様のものと知って買ったなら、首が飛ぶのは必定じゃ。持っていってくだされ、頼むから持っていってくだされと、わしは拝まれてしまいましたぞ、はっは」

住阿弥はわざと磊落に笑って見せたが、さい殿はやはり反応せず、少し顔をあげて無表情のまま横を向いただけだった。

横顔も美しいと思いつつ、住阿弥は話をつづけた。

「さて、そんなものを何奴(なにやつ)が持ちこんだのかと問えば、気品のある女房殿だと申すではありませぬか。背格好やお着物の模様など聞き出して、御新造の女房方を見渡したところ、あなた様と目星を付けた次第にござります」

あとをつけたのだ、とは言えない。そんな話にしてごまかした。

「さあて、いかがなさるかな。わしの立場としては、上様がお帰りになったら、これこれこういったことが、と申し上げるしかござらん」

申し上げれば上様が怒り出すのは明らかである。手討ちはまぬがれまい。さい殿の命はこの住阿弥が握ったのである。もう逃げられない。

この女はこちらの思うがままじゃ、と住阿弥は舌なめずりする気分だった。

「ただし」

と住阿弥はだまりこんでいるさい殿に語りつづけた。

「わしも朴念仁ではござらん。なにゆえにかような際どいことをなされたのか、その理由如何では、上様に申し上げず、穏便にすませようとも思うております。さあ、なぜ茶入れを売ろうとしたのか、お聞かせ願えますかな」

だまっていたさい殿が、顔を住阿弥のほうへ向けた。その目は赤くなっている。

「唐渡りのきれいな反物があって……、ほしかったのじゃ。あの反物で仕立てた小袖を着れば、上様の目にとまり、またお情けをいただけるかと……」

それだけ言うと、顔を袖でおおってしくしくと泣き出した。

そんなことだろうと思っていた。

「それで茶入れを売って、その銭で小袖を、と考えなさったのか」

「上様のお情けがほしかったのじゃ！」

顔を伏せて、さい殿は訴える。泣き声はしだいに大きくなっていく。

——なるほどなあ。

顎を撫でながら思う。侍女も、住阿弥のような同朋衆とおなじ立場である。信長の側に四六時中はべっていなければならず、自分の生活などなきに等しい。ましてや、さい殿のように一度信長の手がついたとあっては、相手をしてくれる男は信長だけで、ほかの男に嫁いで子供を産むといった女の幸せも夢である。何としても信長の気をひこうと考えるのも無理はない。

さい殿が泣きやむのを、住阿弥は辛抱強く待った。そしてさい殿が顔をあげたところで、

「上様を思うお気持ち、ようくわかり申した」

と頭を下げた。

「わしも上様のご恩をうける身であれば、なんとしても上様に尽くそうと思うております。しかしながら、上様はこの気持ちをわかってくださらぬ。われらが奉公をあたりまえと思うて、気ままにふるまっておられる。奉公のしがいもないと、何度思うたことか」

さい殿はまだ目に涙をためながらも、住阿弥の話を聞いている。

「主人のなさることに奉公人は逆らえぬが、それにしてもわがまま

な主人よと思うことが、これまでにも何度あったことか」

なにを愚痴をこぼしているのかと思うが、止まらない。

「去年の暮れにも、持ち場をはなれた馬の口取りが一刀のもとにお手討ちにされたことがあったが、あれも命をとられるほどの失態であったかどうか」

腕組みをしながらつぶやくと、さい殿が小さくうなずいた。

「まことに、情け薄き上様じゃ」

「さようさよう。情けの薄いお人じゃ。あれは天性のものであろう。この世にある限り、変わらぬ性分であろうよ」

いつの間にか主人信長の悪口の言い合いになっていった。住阿弥が茶会の席での信長の傍若無人さを訴えれば、さい殿は、気に入った女と見れば誰であれ見境なく寝所に呼び込む信長の放埒さを非難する。

「道義も徳も、なにも持たぬ大将よ、上様は」

日ごろ思っていることをこぼすと、さい殿も賛同する。

「あれほどわがままなお方は、唐天竺にもおらぬと思うわ」

泣き顔はとうに消えて、目が輝いている。

ふたりでさんざん信長の悪口を並べ立てたあと、ふと沈黙がおとずれた。

さい殿は気まずそうに押しだまり、横を向いた。住阿弥もどこか気恥ずかしい。さい殿を脅しつけてわがものにしようとしていたのに、いまやおなじ哀れな境遇にいるという、同志愛ともいうべき温かな感情が芽生えている。意外な成り行きにおどろくばかりだ。

さい殿もおそらくおなじ思いでいるのだろう。仕草や表情から察するに、住阿弥を警戒するようすはどこにもなく、むしろふたりの距離は縮まったように見える。

「……ともあれ、われわれは似たもの同士じゃ。上様に飼われる小鳥のようなもので、籠（かご）から出て飛び立つことはできぬ。せいぜいが、こうしてさえずるだけじゃ」

住阿弥が自嘲すると、さい殿もうなずく。

その時、背中に垂らしている長い髪が、はらりと顔にかかった。さい殿はその髪をかきあげる。白いうなじと髪の生え際が見えた。女性のそんな仕草を近々と見るのは、はじめてだった。

住阿弥の肚の中でなにかが動いた。

住阿弥はずいと膝を進めた。さい殿がはっとしたように顔をあげる。

「小鳥同士なら」

と住阿弥はさい殿の手をとった。

「せめて仲むつまじゅうしようではないか」

引き寄せようとすると、さい殿はあわてて手を引いた。

「なりませぬ！」

「なあに、だまっておればわからぬことじゃ。それに、わしはそなたが愛(いと)しゅうてならぬ。ひと目見たときから、惹(ひ)かれておりましたぞ」

思ってもみなかった言葉が口をつく。だが口にした瞬間、その言葉は真実となった。そうだ。わしはさい殿に惹かれている。

「そ、そんな……」

うつむいたさい殿の顎に手をかけ、顔をあげさせると、さい殿も潤んだ目を向けてきた。

「なりませぬ……」

とは言うがその声に力はない。住阿弥が腰に手を回して抱き寄せると、言葉とは裏腹にさい殿はもう抗わなかった。

「ああ、殿御に抱かれるのは、なんと久しぶりじゃろう……」

そう言って目を閉じた。

五

「春風のぉ〜、吹きぬく川面をゆく舟はぁ〜」

翌朝、住阿弥は下男下女を叱咤する日課も忘れて、小歌を口ずさみながら常御殿の広縁でぼんやりと陽を浴びていた。

ときどき庭掃除の下男どもが、横目でこちらをうかがいながら通りすぎてゆく。住阿弥はとろんとした目をして動きもしない。

昨夜のさい殿との秘め事を思い返していたのである。

ほのかな明かりの下でうごめくさい殿の白い裸身が、はっきりと目の裏に浮かぶ。さい殿の息づかい、熱く柔らかい唇の感触、匂いまでもがよみがえってきて、知らず知らずのうちににんまりと微笑んでしまう。

いままで遊んでいた白拍子など、さい殿にくらべれば容姿といい気品といい、くらべものにならない。美女だと思っていたひいきの妓(おんな)が、まるで猿の子か猪の子のように見えてくる。面白かったはずの別宅での遊びも、狐に化かされて泥田の中で跳ね回っていたのではないかとさえ思えてきた。

いまや頭の中にはさい殿しかない。今宵、もう一度あの法悦（ほうえつ）のような境地を味わいたいと思う。さい殿も、おなじ考えのはずだ。

今日も文をやらねばと思い、懐から紙と筆立（ふでたて）をとり出すと、少し考えて筆をとった。

今宵（こよい）御殿にて待ち申しあげ候（そうろう）

住

さいどのまいる

手もふれで月日へにける白まゆみ　おきふし夜はいこそねられね

と『古今集(こきんしゅう)』から心覚えの恋歌を書きつけて、ふと思った。

——あの控えの間はよくない。

声が漏れるし、誰かが入ってこないとも限らない。さい殿のためにも、もっとよい場所はないものか。

だが部屋といっても、この御新造の外へ出るわけにはいかない。

しばらく考えて、密会にうってつけの部屋があるではないかと思いついた。

なにしろ夜になれば常御殿には誰も入ってこないから、遠慮することはない。あそこなら声も漏れないし、柔らかな臥所(ふしど)もあるだろう。

一方で警戒の声が頭の中に響く。何を考えているのか。いくらなんでも大胆にすぎよう。

だがあそこならさい殿も喜んでくれるだろう。大胆なところを見せたいという思いもある。ふたりで口を閉ざしていれば秘密が漏れるはずもない。

しかも、天下人の御座所で、とうが立っているとはいえ、天下人の想い女(びと)を抱くのである。これはもう、天下をとったのとおなじではないか。

それでもいくらか悩んだが、最後に、

――よし、今晩はあそこで。

と決心を固めた。そこへ「住阿弥さま」と声がかかった。

「門前を掃き清めましたゆえ、見てくだされ」

五郎だった。手討ちになっては大変と、必死で掃いたのだろう。

「苦労じゃ。見ずともわかる。それでよいぞ」

そう言うと、あっけにとられている五郎をおいて住阿弥は自室へ消えた。


その夜。

控えの間で待っていると、静かに障子が開いた。さい殿だった。住阿弥は向きなおると手をさしのべて言った。

「よう来てくだされた。わしは、もう……」

それ以上は言葉にならない。

「お文、たしかにいただきました。この年になって、『源氏物語』のように文のやりとりをすることになるとは……」

さい殿は恥ずかしそうにうつむく。

住阿弥が文をやると、さい殿からはすぐに返しの文が来た。

秋の夜も名のみなりけり　あうといえば事ぞともなく明けぬるものを

と『古今集』の一首が書いてあるだけだったが、それで十分だった。

「お文はわが宝として、しっかりここに持っておりますぞえ」

さい殿は胸元を押さえて見せた。懐に入れているということだろう。

住阿弥はもう胸がいっぱいだった。

「なんとかたじけないお言葉。ええい、わしはもう抑えきれぬ」

そう言うと、住阿弥はさい殿の手をとった。さい殿は手を引いたが、その動きは昨夜よりよほどゆるかった。住阿弥はさい殿の横へきて、その肩を抱いた。崩れるように身体をあずけてくるさい殿。住阿弥は半ば開いたその唇を吸った。さい殿の息が荒くなる。

「さい殿、ここは誰が来るかもわからぬ。こちらへ来られよ」

しばらく静かに抱き合ったあと、住阿弥はさい殿の耳元へささやいた。

「……どこへなりとも、お供いたしまする」

さい殿からとろんとした声が返ってくる。

「では、失礼」

両腕でさい殿を抱え上げると、住阿弥は控えの間を出た。周囲に誰もいないことを確かめてから、隣の部屋へ。そこは信長の昼の御座所である。障子を開けて中へ踏み込むと、さらに奥へと進んだ。

「住阿弥どの、なんとしやる。そこは……」

さい殿が不安げな声を出す。

「さよう。ここは極楽にござる」

ここでためらっては男の器量が疑われる。住阿弥は思い切って奥の引戸を開いた。

信長の寝所は、ほのかにや伽羅(きゃら)の香りがした。

さい殿を抱いたまま、わずかに射してくる月明かりで部屋の中を見透かした。

八畳ほどの間である。だがほかの部屋とどこか違う。

目が慣れてくると、違いは、部屋の中央に盛りあがったものがあるせいだと気づいた。

それは帳台だった。

広さは畳二枚分ほどもあろうか。床から二尺ほどの高さに柔らかな布団が敷かれ、四隅には天井まで届く柱がある。そして前後左右には薄い紗のような布が垂れ下がっている。

「これは……」

住阿弥は息を呑んだ。なんと豪勢な。

ただ寝るためだけの仕掛けが、これほど手の込んだものなのか。こ

ちらは畳の上に横になり、ありあわせの着物をひっかぶって寝ている
というのに。
そっと布団に触れてみた。生地は絹だった。そして中には真綿が入
っているらしく、すこぶる柔らかい。この上に寝たら、雲の上に乗っ
たように身体が沈み込むことだろう。
さすがは天下人の寝所だ。
「あのう……、ここは入ってはならぬと堅く禁じられておるのでは
……」
さい殿がか細い声で訴える。
「もし見つかったら、手ひどい折檻を受けましょうぞ。早く離れた
ほうが……」

さい殿は震えている。だがそう言われれば言われるほど、逆らいたくなる。

「なあに、いまはこの常御殿に誰もおりませぬ。われらが口を閉じていさえすれば、誰にも漏れませぬ。心配召されるな」

男としては、意地でも大胆なところを見せてやりたい。

「さ、極楽へまいりましょうぞ」

さい殿を抱えると、わざと乱暴に帳台の上へ投げあげた。ひゃあ、と声をあげるさい殿を押さえ込むように、住阿弥も帳台の上へ上がった。

「極楽じゃ、極楽じゃ」

念仏のように唱えながら、住阿弥はさい殿の帯に手をかけた。

六

翌朝、住阿弥は常御殿の広縁にすわり、空を見あげてぼうっとしていた。

冬が近いとはいえ、まだまだ日なたは暖かい。小者たちが不審そうな顔で通りすぎてゆくが、住阿弥の目には入らない。ただただ、さい殿の面影を思い出していた。

——この年になって、恋歌が身にしみてくるとは思わなんだわい。

なんとかしてさい殿と一緒になる手立てはないものかと思う。

——いずれ、さい殿から上様に暇（いとま）を賜（たまわ）るよう申し出させて……。

まずは仏門に入らせ、そのあとで還俗（げんぞく）させてひっそりと囲うのはど

うだろうか。自分も人並みに家庭を持つくらいのはたらきはしている
はずだ、上様も憎からず思うのではないか、などとあれこれ考えるの
は楽しくて、時の経つのを忘れるほどだった。
夢見るような心地でいた昼過ぎ、馬が門内に駆け入ってくる音が聞
こえてきた。
主が留守のこの御新造になんの騒ぎかと思っていると、馬を下りた
者は信長の小姓だった。
「上様は今日の夕刻にはお帰りになる。お迎えの支度をせよ」
と命じるではないか。
「なんと、もうお帰りでござるか」
おどろいて聞き返すと、

「おう、すでに西が岡のあたりまでお越しじゃ。ゆるゆると馬を進めても、夕刻にはお着きじゃろう」

と言う。まだ二、三日はもどってこないだろうと思っていたから、住阿弥はあわてた。下男には内外の掃除を命じ、下女たちには夕餉（ゆうげ）の支度にかかるよう言いつけた。

——他にしておくことは。落ち度はないか。

頭を巡らせて、はっとした。

あの寝所。しっかり片づけただろうか。

事が終わった後、さい殿とふたりで元通りにしたのだが、なにせ暗い中でのことだ。子細に見れば違っているところもあるだろう。

気になって寝所の前へ行ってみたが、すでに小姓が隣にある昼の御座所にいて、入れない。やむをえず引き返してきた。

――まさか露見しはすまい。

そうは思うが、不安は消えない。癇性病み(かんしょうや)の上様のことだ。少しでもおかしければ留守をあずかった住阿弥にご下問があるだろう。そのときなんと言い逃れするか。

下手をすれば、この首が飛ぶ。

気になりはじめると、もうたまらない。夏でもないのに額に汗をかいた。

「おや、住阿弥さま、どうかなされましたか」

五郎が不審そうな目を向けてくる。

「あ、ああ」

「顔色が悪いし、手が震えておりまするぞ」

「いや、どうも悪寒（おかん）がする。ちと横になるから、上様がお帰りになる前に起こしてくれ」

そう言って住阿弥は自分の部屋へ引っ込んだ。実際、重いものにのしかかられたようで、動き回る気力も湧いてこない。横になり、小袖をひっかぶって目を閉じた。

なんてことをしてしまったのか。

いくらさい殿のためとはいえ、危ない橋を渡ることはなかったのだ。

さい殿は喜んでくれた。いまでもあのときの声、あのときの仕草が思い浮かぶ。じつに悩ましい声だった。なのに……。

いいや、後悔してもはじまらない。これからどうすればいいのか。

それを考えろ、と住阿弥は自分に言い聞かせた。

まずは……、逃げるか。お手討ちとわかっているなら、一刻も早く逃げた方がいい。

しかし、逃げ切れるものだろうか。

京はもちろん、畿内一円が上様のものだ。逃げてもすぐに捕まるだろう。それに、さい殿をどうすればいいのか。一緒に逃げるのか。

「ああ、いかん。捕まる。捕まって、逃げるとはかわいげのない奴、と思われてお手討ちどころか逆さ磔（はりつけ）じゃ」

ひええ、と思わず悲鳴をあげてしまい、誰かに聞かれなかったかと余計にはらはらしてしまった。

逃げられないなら、どうすればいいのか。

素直に謝るか。いいや、謝って許してくれるようなお人ではない。やはりお手討ち、いや磔か。うひゃあ、と小袖を頭にひっかぶって声をあげた。もう周囲のことなどかまっていられなかった。

煩悶していたところに、上様のご帰館となった。

住阿弥はあわてて出迎え、馬上の上様に深々と頭を下げた。さい殿もなにくわぬ顔で出迎えているが、やはり心配なのか、こちらと目を合わせようとしない。

上様とともに帰ってきた供の者たちに夕餉を出すため、下男下女たちは忙しく立ち働くことになった。住阿弥も忙しさの中、しばし恐怖を忘れた。

夕餉もおわり、供の者たちの声も聞こえなくなったところで、住阿弥は自室にひきとった。いまに上様の怒声が響き渡るかとびくびくしていたが、そんなこともなく、静かに夜は更けていった。

住阿弥は大の字になって天井を見詰めた。

しばらくそうしていると、そう悲観したものでもないと思えてきた。まず寝所はきちんと調えて出てきたから、誰かが入り込んだとはわからないはずだ。万が一、なにかおかしいと感じても、まさかそこで男女が一戦を交わしたとは思わないだろう。まず間者が忍び込んだと疑うはずで、住阿弥に嫌疑がかかるとは思えない。

だからすぐにお咎めがあると思うのは心配のしすぎだ。もし住阿弥に嫌疑がかかるとすれば、なにか証拠になるものを落としてきたときだが……。

そう考えるとまた不安になって、住阿弥はやにわに起き出して自分の服装を点検した。

落とすとすれば扇子や懐紙だ。

——ちゃんと手許にある。

ほっとしたが、それでも不安は消えない。

目ばかりが冴え、寝床の上で輾転とするばかりで眠れない。長い長い夜が過ぎてゆく。

結局その夜、お呼びはなかった。

何も言われなかったのだから、寝所へ入り込んだことは結局、露見しなかったようだ。

朝になって上様の御座所の前に詰めたときには、かなり気が楽になっていた。

――心配のしすぎじゃったな。

考えてみれば上様の物を盗んだわけでもなく、壊したわけでもない。寝所に少々ふたりのにおいは残ったかもしれないが、それだけである。露見するはずもない。恐れることなど、ないのだ。

昨夜の恐怖はいつの間にか消えて、安堵と同時に満足感が胸に広がっていた。

「住阿弥どの、上様がお呼びじゃ」

と声がかかったときも、にっこりと微笑んで応ずることができた。

「住阿弥、おん前に」

と常御殿の広縁に出てみると、近習(きんじゅう)たちに囲まれて、信長は不機嫌そうな顔をしていた。

——おや、まさか……。

胸中にざわめきを感じながら、言葉を待った。

「そのほう、留守になにをしておった」

いきなり、どきりとするような言葉が降ってきた。

「は、下男下女に緩怠なきよう、目を光らせておりました」

信長はその言葉を終わりまで聞かず、一枚の紙をほうってよこした。

「わしの寝所に落ちておった」

ちらりと見て、住阿弥は息を呑んだ。一昨日、さい殿に遣(つか)わした文ではないか。

「あ、あ、その……」

「わしの寝所に入ったな」

信長の目が光る。住阿弥は頭の中が真っ白になった。

「寝所へは誰も入るなと申し渡しておいたはずじゃ」

「い、いや、う、うう……」

口を開くが、言葉にならない。

「言いつけにそむけばどうなるか、よくわかっておろう」

信長が庭のほうへ顎をしゃくる。その先を見て、住阿弥はあっと声をあげた。

さい殿が庭にうつぶせに倒れていた。

しかもただ倒れているだけではなかった。首が、胴体から四、五尺離れたところに転がっていた。

「さ、さい……、ああ、あ」

思わずふらりと立ち上がり、その首へ駆け寄ろうとした。だが腕をつかまれて止められた。近習ふたりが左右から押さえこもうとしていた。

「そこへなおれ」

信長の手が佩刀にかかった。

住阿弥は信長に向きなおった。はじめてじっくりと自分のあるじの顔を見た。薄い髭、高い鼻、切れ長で感情の読みとれない目……。この男が愛しいさいを殺したのか。たかだか自分の言いつけを守らなかったというだけで。何と傲慢（ごうまん）で理不尽な仕打ちなのか。ひどすぎる。あまりにひどすぎる……。

恐怖は消えて、熱い火が腹の底に熾ってきた。もう主人も家来もなかった。

「よくもさいを殺したな！」

近習の手をふりはらうと、声をあげて信長につかみかかった。

「なにをする！」

手が信長の着衣にかかる寸前、強い力で引きもどされた。屈強な近習に袖と衿をつかまれていた。

そのまま庭に放り投げられた。起き上がって、なおも信長につかみかかろうとした直後、「無礼者！」という声とともに脳天に氷の一撃が落ちてきた。

目の前の風景がゆがみ、全身の力が抜けた。落ち葉をきれいに掃き清めた地面が顔に近づいてきた。

出世相撲

——御小人 大唐

一

「つぎ大唐、立ちませい」

行司の木瀬蔵春庵に呼び出されて、大唐は立ち上がった。

目の前の相手は六尺豊かな浅黒い身体を持ち、肩や胸に筋張った肉が盛り上がっている。白い麻布の締め込みがさほど汚れていないのは、これまで投げられていない証拠だ。

尾上孫次郎と名乗っているから、どこかの家中の者だろう。その大きな身体を見込まれて相撲を教え込まれたとみえる。すでに一番勝っていて、荒い息をつきながら大唐が出てくるのを待っていた。

ふたりは春庵に指示されて、正面に一礼した。

一段高い桟敷には信長がすわっている。

――よく見ていてくだされや。

そう思いながら四股を踏んだ。

この相撲は負けられない。待ちに待って、ようやく巡ってきた機会だった。

勝ち残った者は褒美がもらえるばかりか、織田家に召し抱えてもらえることになっている。いまや海内で最強の大名である織田家の家臣となるという幸運が手に入るのだ。

大唐が最初に織田信長の相撲会に参加したのはもう八年も前になる。

近江の常楽寺でのことだった。

三百人もの相撲取りが集まった中、まだ十六歳だった大唐はいいところまで勝ち進んだのだが、最後は負けて、わずかな褒美をもらっただけだった。

そのときに最後まで勝ち残った鯰江又一郎と青地与右衛門は、今日、仕立てのいい素襖を着て奉行として万事差配をしている。太刀や脇差をもらったばかりか、信長に召し抱えられて相撲奉行となったのである。

両人を大唐はどれほどうらやましいと思ったことか。

その後、今年の二月末に久々に開かれた相撲会では、大唐は最後の二十三人にまで勝ち残ったが、褒美には扇をもらっただけだった。信長は気まぐれで、わけもなく褒美に差をつけるのである。

それでも今回こそは、勝ち抜いた強者を召し抱えるという話だった。この機会を逃したらつぎはいつになるかわからない。なんとしても勝ち残りたかった。

すでに陽は西にあって、山上にある安土城のうしろに隠れている。

大唐はあたりを見回した。

広場の南側には、相撲人の呼び出しや世話をする御小人や奉行たちが十人ほどいて、さらにその背後に見物人たち――みな安土城下の住人で、大名格の武将やその家来たちだ――が、敷物を敷いた上にすわっている。

大唐がいるのは広場の中央で、屈強な身体に白い締め込みを締めた相撲人十数人が、さしわたし三間（約五・四メートル）ほどの輪をつくってすわっている。人方屋といって、この丸い場の中で相撲を取るのだ。人間が土俵になっているのである。

東と西に相撲人の溜まり場である片屋があるが、そこに相撲人はもういない。

今日の朝、取り組みが始まったときには千人を超える相撲人がいた。信長の呼びかけに応じて近江や京の相撲人が続々と集まってきたのだ。城下の広場に収まりきらぬほどの人数で、呼び出されて人方屋に行くのも困難なほどの混みようだった。

それがいま、残っているのはこの十数人だけになっている。朝から五番勝負や三番勝負をかさね、勝者が絞られていったのである。

それだけにみな屈強な肥大漢ばかりだった。小さく見える者でも五尺七、八寸（一七五センチ前後）はあるだろうし、体重も身体の厚みも並の人の二倍はあるだろう。腕も足も太い。あちこちの野相撲や勧進相撲に出ていて、大唐も名を知っている強者が多い。

前にいる尾上孫次郎に視線をもどして、おやと思った。

薄ら笑いを浮かべているではないか。

大唐も在所の村人たちの中にいると頭一つ飛び出るが、大男ぞろいの相撲人たちに混じるとむしろ小さいくらいだった。大甕のようだといわれる分厚い上体も、色白のせいもあってか見劣りする。なにより丸くて目尻のたれた愛嬌のある顔が、大唐を強そうには見せてくれないのである。

――自分より弱いと見てあなどったか。

一瞬むっとしたが、怒りはすぐに消えた。油断してくれたほうが勝負には好都合である。

「見合って」

行事にあわされて、型どおりに中腰に構えた。

「よいか」

孫次郎と目があった。

うおお、と喉声(のどごえ)を発して孫次郎がつかみかかってくる。がっぷり四つに組んで、ひと息に投げ捨てるつもりだろう。

大唐も両腕を前に出し、相手の締め込みの前面を狙った。つかんだ締め込みを強く引きつけると、同時に頭を低くして、相手の腹の下にもぐりこんだ。

目標を見失った孫次郎の上体が泳いだ。

素早く左手を締め込みからはなしてその腕をつかみ、右手は深く孫次郎の股(また)の間に差し込むと、一気に膝と腰を伸ばし、孫次郎の巨体を肩の上に担ぎあげた。そしてそのままうしろに反り返った。

孫次郎の巨体が宙を舞う。

撞木反り(しゅもくぞ)の大技である。周囲がどよめきたった。

背中から激しく地面に叩きつけられた孫次郎は、しばらく起き上がってこなかった。

「大唐の勝ちに、ございまするぅ」

狩衣(かりぎぬ)姿の春庵が軍配を大唐にあげる。わっと歓声があがった。

——若侍(ざむらい)に負けてなるかい。

こちらは相撲で食っているのである。おまけに女房がいて、もうすぐ子供も生まれる。あるじから扶持(ふち)をもらって、余技として相撲の稽古をしている者に負けるわけにはいかない。

まずは一勝。

三番つづけて勝てば勝ち抜きになる。

勝ち名乗りをうけながら、大唐はつぎの相手を観察していた。

立ち上がったのは、背丈こそ大唐とおなじくらいだが、腹回りが二倍もある男だった。腕も足も丸太のようだ。目方もずいぶんあるだろう。髭だらけの顔は肩からじかに生えていて、首投げもできそうにない。

こういう手合いは、四つに組んでも勝てない。押しても引いてもびくとも動かないだろう。

——ならば……。

頭の中で攻略法を思い浮かべながら腰を落とした。

手をつく。

目があった。

「せいっ」

正直に突っ込むと見せかけて、大唐は右に飛んだ。正面から組んでは不利だから、横から食らいつくつもりだった。

しかし相手は意外に俊敏な動きを見せた。すっと身体を回すと、いきなりその太い腕を振り回してきた。

乾いた音が広場に響いた。頬を思いきり張られたのである。

激しい衝撃に景色がゆがみ、頭の奥で煙が立ったような気がした。

おまけに唇が切れたのか、塩辛くて生温かい液体が口の中にあふれた。

棒立ちになった大唐に「そうりゃっ」というかけ声とともにもう一発、団扇（うちわ）のような手が炸裂した。

大唐は吹っ飛んだ。

しかし腰砕けになる寸前でかろうじて踏みとどまると、なんとか右に回った。

相手も追ってくるが、つぎの張り手はなんとかかわし、首尾よく左腰に食らいついた。

肘（ひじ）が大唐の首筋を打つ。突き放そうとしている。そうはさせじとさらに右に回るが、相手も身体を回すから追いつくのがやっとだ。

一回りするうちにとうとう相手に締め込みをつかまれた。

その瞬間、大唐は右足を飛ばした。

かかとを相手のかかとにぶつけるようにして足を搦（から）めると、相手がぐらついた。そのまま、大唐は必死に相手を押した。

重い。

動かない。

しかし相手もこらえるのが精一杯なのか、反撃してこない。

さらに押した。ほんの少し動いた。

重ねて押すとぐらりときた。

もうひと押しだ。

満身の力をこめて押した。あまりに力んだので、身体の節々から血が噴き出るのではないかと思った。頭に血が上り、互いの荒い息しか聞こえなかった。

ずいぶん長い間に感じたが、実はほんのつかの間だっただろう。不意に抵抗が弱くなり、相手は大木が倒れるように派手な音をたてて地面に転がった。あおむけになった相手の大きな腹の上で、大唐の身体が弾んだ。

「大唐っ」

と春庵の声が響く。

起き上がった大唐は血の混じった唾を吐き、大きく息をついた。

心臓が破裂しそうなほど早く打っている。

あとひとりだ。

休む間もなく三人目が出てくる。色黒で髭もじゃの大男だった。見覚えがあった。どこかの野相撲で会ったことがある。

――雪之丞とか言うたな。

かわいい名前とは裏腹に鋭い目をして鼻のつぶれた悪人面だが、大きなだけでなく技も切れたはずだ。油断はならない。

型どおりに見合って、春庵が合わせる声で立ち合い、音を立ててぶつかった。すぐ四つに組んだ。

重い。

二人目の相手よりは軽いはずだが、動かそうと思ってもびくともしない。

やはり強いと思った。相撲では、強い者は体重にかかわらず重く感じるものだ。

ねじり合いがはじまった。互いに相手の重心をくずそうとして、左右に振り回す。ときに投げを打ち、また四つにもどる。

何度か投げの打ち合いをし、そのたびに四つにもどった。長い相撲となった。次第に息があがり、腕がしびれてきた。

――くそっ。

二人と対戦したあとだけに、体力は残り少なくなっている。長引けば大唐が不利だ。雪之丞は、大唐が疲れ果てるのを待っているのかもしれない。

負けるのかと思った。ここまで来て負けるのか。

――おこう、助けてくれ。

京にいる身重の女房を思い浮かべたのは、ふと不安になったからだ。家を出るときおこうに、是が非でも勝って信長の家来になれと叱咤されていた。ここで負けたら、何と言われることか。

その途端、じりっと雪之丞が寄ってきた。腰を落としてすり足で寄ってくるので、かわすための投げも打てない。

大唐は押されてずるずると後退した。

もう少しで人方屋から出るところまで押し込まれた。このままでは押し出されて負けだ。

大唐はありったけの力で押し返した。

その瞬間、雪之丞は身体を開いて投げを打った。

支えを外された格好の大唐はたたらを踏んだが、予期していた技でもあったから、なんとか踏みとどまった。

そこに雪之丞が突っ込んできた。

顎の下に頭をつけられ、ぐいぐいと押された。たまらず下がる。しかしまっすぐは下がらない。丸い人方屋をぐるりと回るように逃げた。逃げ足は大唐のほうが速いようだった。なんとかまた四つに組み止めた。しかし完全に息が上がってしまった。

苦しい。今度こそ心臓が破裂しそうだ。

風のような息をしながら大唐はあえいだ。

——だめだ。もうだめだ。

耐えられない。力がつづかない。もう一度寄られたら、今度こそ押し返せない。

織田家の家臣の座が遠のいてゆく。

そのとき、声が聞こえたような気がした。

——やあ、牛が口をきいたぞ。

はっとした。

——牛じゃ牛。それ追え。

そんな声が耳に甦ってくる。

生まれ在所の村でのことだ。

大唐は近江蒲生(がもう)郡に貧農の末っ子として生まれた。小さいころから身体が大きく、人の二倍は食べていたので、いつも腹を空かせてはそんなに食うなと叱られていた記憶しかない。

十二、三歳のときだっただろうか。
そのころにはもう並の大人より大きかった大唐は、野良仕事では牛のように犂（すき）を引かされていた。五月雨（さみだれ）前の炎天下、肩に縄をかけて土を起こす重い犂を引くのだ。

足下は切り株の残る堅い地面だ。いくら力持ちでも恐ろしく疲れる。しかも空腹だったから、作業の途中で倒れ、起き上がれなくなった。しかし後方で犂をもつ大人は許してくれない。足蹴（あしげ）にされて立てと命じられた。泣いて許しを請うと、子供たちが寄ってきて牛じゃ牛じゃとはやし立てたのだ。

身も心もぼろぼろにされるようなつらい思い出だった。

——ここで負ければ、いまおこうの腹の中にいる子が、おなじ目にあう……。

そこまで考えると俄然、手足に力がもどってきた。

「うおおおっ」

かけ声とともに、大唐は相手の締め込みをひきつけた。

胸が合う。

思い切って相手の巨体を釣り上げると、右へ動きざま投げを打った。

相手は足を大きく開いてこらえる。投げようとする力と投げられまいとする力が拮抗し、動きが止まった。

このままでは投げきれない。

相手の頭が目の前に見える。その頭を右手を回して押さえつけた。

だが相手も懸命にこらえて屈しようとしない。

——子に犂を引かせてなるか。

念じつつ体重を乗せて押さえつけた。

頭が徐々に下がってゆく。ここで負けたらなにもかもお終いだ。その一心で全力で押さえつけた。

粘りに粘った相手も、最後は無念のうなり声を発してつぶれ、その顔は地面の砂にめり込んだ。うおお、と歓声があがった。

「それまで。勝ちは大唐っ」

春庵の勝ち名乗りをうけると、大唐はめまいがして尻餅をついた。

騒がしい周囲をよそに、しばらくは起き上がれなかった。

二

「ほれほれ、茶々丸（ちゃちゃまる）の守（も）りをしてくだされと言うたのに」

妻のおこうは甲高い声で非難する。

「そ、そうやったな」

盛大に泣く子供をあつかいかねて、大唐はおろおろするばかりだ。

「その年頃の子から目を離せば、かようなことになるのは必定（ひつじょう）じゃ。それくらいわからんのか」

近ごろなんでも口にもっていく茶々丸が竈（かまど）の横の炭を食べようとした。顔を真っ黒にして泣いていたのを、水汲みからもどったおこうが発見したのだ。

いまは正月だから百姓ならば一年で一番ゆっくりできる時期なのだが、安土城下にいるとそうはいかない。元日からずっと登城をつづけ、今日は久しぶりの非番の日だった。そのためついうとうとと昼寝をしてしまったのである。

「わかった。悪かった。許せ」

大唐は手を合わせた。おこうは眉間に皺を寄せたが、それで納得したようだ。

「もういいから、茶々丸をこちらへ連れてきてくださらんか」

ぐずる茶々丸を抱え上げ、これ幸いと女房へ押しつけた。おこうは少しあやしてから、負い紐のかわりに帯で器用におぶって台所仕事をはじめた。

大唐は陽の当たる縁側に出ると、ああっと声を漏らし、天を突き上げるように伸びをした。

　この屋敷は間口が七間、奥行きは十四間もある。安土城下でも城に近いところにあり、周囲は御小人や小姓（こしょう）、同朋衆（どうぼうしゅう）の屋敷が多い。三年前の相撲会に勝ち残った褒美として、信長から下賜（かし）されたのである。

　あのときの相撲会では最後に十四人が勝ち残り、召し出されて信長の手で太刀と素襖の上下（かみしも）が渡された。その上で御小人に取りたてられ、安土城下の屋敷と百石の扶持（ふち）が与えられたのだ。

　しかし亭主がそんな出世をしても、おこうの態度は少しも変わらない。口うるさく大唐を叱り、もっと出世しろと尻を叩く。

「お禄をちょうだいしているのだから、そなたはもう侍じゃ。侍ならば出世せねばならぬ。一にも二にも出世じゃ。出世してもっとたくさんの禄をいただかねば、甲斐がないわい」

と、子を産んですっかり貫禄のついた声でのたまう。

おこうは大唐より四つ年上である。もともと京の町中で扇売りをしていた女で、大唐とは糺の森で勧進相撲があったときに、見物に来ていて出会ったのだ。

声をかけてきたのは、おこうだった。家に呼ばれて飯をふるまわれ、そのまま居着くことになったのである。当時は細身で、きつく抱き寄せると折れるのではないかと心配したほど可憐だったおこうも、いまは腹の周りに肉がつき、折れる心配はまったくない。

大唐は十六歳のときに信長の開いた相撲会に出たあと、相撲で身を立てる決心をして生まれ在所の村を出た。いくらはたらいても食うや食わずの村に未練はなかった。

以来、京と近江のあいだで馬借（ばしゃく）の手伝いをして食いつなぎながら、野相撲や勧進相撲があると聞けばのがさず出場し、腕を磨いてきた。そのうちに勧進元から声がかかり、勧進相撲の常連となった。

勧進相撲とはお寺や神社の境内（けいだい）で、その寺社に寄付をする名目で銭をとって興行することで、出場する相撲人にも手当が出る。つまり相撲を取れば銭がもらえるという、願ってもない仕事だった。

この大唐という名も親からもらった名前ではない。広い唐国にもこれほど強い男はいないという意味の四股名である。銭をとるとなれば、見る者に名前を憶えてもらうことも必要だと言われて、知り合いの僧侶につけてもらったのだ。

おこうと暮らすようになって大唐にも運が向いてきたのか、不思議と勝ちがつづいた。一時はおこうを菩薩(ぼさつ)さまの化身(けしん)か守り神かと思ったほどだった。

大唐はますます熱心に相撲に打ち込み、勧進相撲の中でも強豪と言われるようになっていった。

ただ勧進相撲はそういつも開かれているわけではない。相撲を取って銭が入ってくるといっても、それだけでは食えない。

一方で馬借の仕事はやめてしまっていたから、銭のない日々がつづいたときは、おこうの稼ぎで食わせてもらっていた。だからいま織田家で百石の扶持をもらうようになっても、おこうには頭が上がらない。

——もっと出世せんとな。

百石でも大した出世だと思うが、まだまだ上がある。四、五百石も取るようになればおこうの目も違ってきて、さほどうるさく言われずにすむだろう。

それに五百石取りともなれば側室のひとりくらい置けるのではないか、などとけしからぬことも考えていた。守り神と思っているとはいえ、あまりに出世、出世と急かすおこうの顔が、たまに鬼に見えることがあるのだ。

そうでなくても、一度織田のご家中に入った以上、誰しも出世を競う立場に立たされているのである。出世しなければ後から入った者に先を越され、やがて後輩に頭を下げることになる。それがいやなら立ち止まることなく出世していかなければならなかった。

翌日、安土城に出仕（しゅっし）した。

大唐は信長の身辺の警護にあたったり雑用をこなしたりしている。体格雄偉（ゆうい）で見るからに強そうな相撲人は、身辺警護にはうってつけと思われているようだ。

今朝一番の仕事は、馬場で馬責めをする信長のために周辺を警護することだった。

馬場は天主のある丘の麓（ふもと）、琵琶湖に面して造られている。

手槍をもって馬場の入り口に立っていると、御小人頭（がしら）の笠原甚兵衛（じんべえ）がやってきた。この男は相撲人ではなく、ごくふつうの体格の侍である。

「そのほう、上様が御馬をおさめられたら北側に行って、柵を立てる手伝いをしてまいれ」

「は、はあ」

「わかったな」

　それだけでさっさと行ってしまう。「はあ」とは言ったがまるで話が見えない。大唐はあせっておなじ御小人仲間の駒若(こまわか)にたずねた。

「上様が十五日に馬場で爆竹をすると仰せじゃ。近習(きんじゅう)や小姓衆だけでなく、お歴々がどっとおいでになる。馬の数も半端ではないわ。そのための柵よ」

「ほう、さようで」

「この正月はお目見(めみ)えがなかったゆえ、その代わりじゃと。上様がまた風変わりなことを考えだしたのじゃろ」

たしかに今年は正月元日から大雨が降って、お目見えが中止になった。諸国に出張っている大名衆はもちろん、馬廻り衆すらも正月の礼をしていない。そのあとも出仕の沙汰がなく、どうしたのだろうと話し合っていたところだった。

なるほど、お目見えの代わりか。

しかも毎年一月十五日は左義長で爆竹をつかう。それを少々大がかりにしようというのだろう。それなら話はわかる。

ひとしきり馬を駆けさせた信長が、手綱を馬の口取りにあずけて馬場を去った。

大唐が待っていると、近習の堀久太郎が材木をかついだ人夫を引き

連れてやってきた。久太郎は、

「ここに柱を立てい。それから一間のあいだをあけて、あそこの端まででずいっと立てよ」

と湖の波打ち際を指さし、

「さっそく始めよ。夕方までには終えるぞ」

と命じた。

大唐は柱を地面に打ち込む作業を手伝った。そのあいだ久太郎はむずかしい顔をして人夫たちを叱咤してまわる。

――いい役目じゃな。

汗だくになって木槌をふるいながら横目で堀久太郎を見て、大唐は思う。

すらりとした長身で涼しげな顔立ちの久太郎は、まだ三十歳前のはずだ。自分となにほども年が違わないのに、役目には大きな違いがある。

他の大名家のように、生まれた家の家格で役目が決まるのならあきらめもつくが、久太郎は先祖代々の家来ではない。織田家においては門地や家柄に関係なく、ただ信長の信頼を得ているかどうかが、出世できるか否かの分かれ目なのだ。

だから自分だって久太郎並みに出世できるはずだと思う。問題は、どうすれば信長の信頼を得られるかである。織田家に仕えて三年になるが、いつも遠くで警護をしているだけで信長に声をかけられたことはないし、いいところを見せる機会もなかった。

目立たなければ出世ができず、おこうに叱られっぱなしになる。ここは一番、考えどころだと思っていた。

三

爆竹は正月十五日に行われた。

馬場には小姓衆を先頭にして信長がまず入場した。

その出で立ちたるや、黒の南蛮笠をかぶり、赤の頬当てをし、唐錦の長羽織に虎皮の行縢という派手なものだった。葦毛の駿馬に乗り、風を切り裂くように馬場を一直線に駆け抜けてみせた。

つづいて一家衆の入場である。

北畠家に入った次男の信雄、三男の信孝がこれも派手な色の頭巾に錦の羽織を着て馬を駆けさせた。

さらに馬廻り衆や大名格の武将が入場する。これまた信長から指示が出ていたのか、色とりどりのきらびやかな衣装を着ての登場である。

それぞれが所定の位置に着いたあとは、若い者を十騎、二十騎とならべて早馬競（はやうまくら）べをさせた。誰の家来が一番になるか、応援もかまびすしい。

その光景を大唐は馬場の隅で手槍をもち、警護役をつとめながら見ていた。

――殿が一騎駆けをされるとは。

あきれてしまう。

召し抱えられて三年になるが、まだ信長の気性がよく理解できないでいた。ふつう大名といえばこんな時は桟敷(さじき)の奥でゆったりと構え、近習たちにかしずかれて、自分は見物するだけですませるのではないか。

しかもあの派手な装束はどうだ。いい大人がする格好ではない。十七、八歳の生意気盛りの若者のようではないか。

そんなことを考えているうちに早馬競べがおわった。

ややあって、爆竹に火がつけられた。

爆発音が連続して鳴り響き、白い煙が馬場に充満する。馬が音におどろいて騒ぎだし、手綱を振り切って走り出す。押さえようとして馬の口取(くちど)りが追いかけ、馬場は混乱した。

しかし騒ぎを鎮めようとする者はいない。

「なんで誰も止めんのや」

隣に来た駒若にきくと、

「殿さまがこの混乱を楽しんでおられるでな」

という答えが返ってきた。

「あるじの楽しみを邪魔しないのは、家来のたしなみじゃろうが」

大唐より早くから仕えている駒若は、当たり前のように言う。見ると信長は馬上にあり、嬉々とした顔つきでこの騒ぎを眺めている。

まったく子供のような殿さまじゃわい、と大唐は思った。

この爆竹騒ぎはよほど信長の気に入ったのか、数日してまたおどろくような下知（げち）が出された。

京で馬揃（うまぞろ）えをやるという。

「織田家中のお歴々を呼びあつめ、みなおのれの工夫がおよぶかぎりの衣装を着て、京の大路を馬上で闊歩するのじゃ。そして天子さまにご覧いただくのじゃと」

早耳の駒若が言う。どうやら爆竹騒ぎの前の、一家衆の勢揃いをもっと大がかりにやるつもりのようだ。

「馬廻り衆はもちろん、家来のお歴々にみな参加するよう、御朱印をもって諸国にお触れが出たそうな」

「なんのために？」

大唐は首をひねった。

そんなことをしても、一片の領地も銭も手に入らない。たしかに織田家は畿内東海の諸国を押さえ、いまや日本一の大大名になってはいるが、西では毛利家と、東では武田家と戦っている最中なのである。

諸国で戦っている家来衆を呼び戻してまですることだろうか。

「なにしろ上様は派手好みでござるでの、目立つことならなんでもよいのじゃ」

駒若はわかったようなことを言う。

派手好みか……。

ぴんと来るものがあった。そうか、と手を叩いた。

「派手にすればいいのやな」

「おお、そうそう。派手にすれば上様のお目にとまるかもしれんぞ」

なるほど。そうだったのか。

自分に足りないのは派手さだったのだ。

なんとしても目立とう、そして出世しようとする図太さ、強引さ。

そういったものも足りなかった。それでは出世できるはずもない。

「その馬揃え、われらも出るのか」

「おうよ。当たり前じゃ。われらがいなかったら上様の警護は誰がするのじゃ」

それを聞いて大唐はにんまりとした。

いい機会ではないか。これを逃す手はない。

屋敷にもどった大唐は、さっそく反物(たんもの)売りの商人を呼び、馬揃えのときに着る装束を選びにかかった。

「いくら派手にしたいと言っても、それでは……」

おこうが顔をしかめる。

「なに、これくらいせねば目立たぬ。油断ならんからな。みなどれだけ珍奇な装束で来るかわからんぞ」

紅色の地に白と黒で鶴が描かれた反物をじっと見ている大唐の顔は真剣そのものだ。

「おそれながら、これは女物でござりまするが……」

商人もおどろいている。

「明るい感じの小袖をお望みなら、こちらなどいかがで」

と商人が示すのは薄紅の地に梅の花が染め抜かれた反物である。

「地味すぎる。それでは人目をひかぬ」

「これが地味でござりまするか」

商人はおどろいたようだったが、

「……ではこちらは」

と別の反物をすすめてきた。白の地に金箔で雁の絵が押してある。

「む……。これはなかなか」

大唐は反物を手に取りつつ、自分がこの反物で作った素襖を着ている姿を想像してみた。

「袴はこちらでいかが」

と商人がすすめるのは、紅白段替わりの布地である。

「目立つこと、請け合いでございまする」

たしかに目立つだろう。女物の小袖なら見たことがあるが、男物の袴としてはまずない柄である。少々勇気がいるが、結構、見栄えはいいのではなかろうか。

「およしなされ。おまえさまの図体(ずうたい)にかようなな華奢(きゃしゃ)な絵模様は似合わぬ」

おこうは一言で切って捨てた。

「稚児(ちご)や若衆の着るものならまだしも」

大唐はむっとしておこうを見た。

「そなた、わしの出世を邪魔するのか」

「出世……とな」

おこうは目をむいた。

「この稚児のような装束を着ると、出世するのかや」

「いままでは地味すぎたのや。このままでは上様の目にとまらず、出世もできぬ」

おこうはしばし黙り込み、なにか思案しているようだったが、

「……上様は稚児がお好きなのかや」

とおずおずと訊いてきた。

「ん？ いやまあ、稚児も女もお好きなようやが……」

衆道好みは戦国のならいである。別におかしなことではない。

「いかにそうであっても、おまえさまにはちと無理な話じゃ」

おこうが強く言う。

もしかすると誤解があるかもしれないが、説明するのも面倒くさい。

「だまっておれ。出世のためじゃ」

「おまえさま……。出世せよとは常々申しておるが、稚児の真似まではなさるとは、よい了見とは申されぬぞ」

おこうは眉を寄せて沈痛な面持ちになっている。そうではないと言いかけたが、まあ似たようなものかもしれないと思い、だまっておいた。

おこうはなおも言う。

「たとえ出世したとしても、陰口をきかれることは必定じゃ。やめておきなされ」

「ああ、いいからこれで素襖を作ってくれ」

白地に金箔で雁の絵が押された反物を買うことにして、

「銭、払っておいてや」

とあとをまかせた。

――これで目立つことは疑いなしや。

なにかひとつ達成したようで、気分がいい。

なんであれ上様の目にとまり、愛いやつと思われれば出世の道も開けるだろう。側室にも一歩近づいたなと思い、ついにやりとしてしまい、あわてて周囲を見回した。

おこうが不思議そうな顔をしていた。

四

「ええいっ」

大唐は気合いとともに大太刀を振り下ろした。そしてすばやく振り返るとすぐ刃先を返して横なぎにし、さらに二度、三度と袈裟がけに斬り下ろした。

大唐が振るっているのは刃渡り四尺五寸（約一三五センチ）という大太刀である。刃の厚みも長さに比例して厚く、したがって重量もある。並の腕力の持ち主では持ち上げるのがやっとという代物を、大唐は力にまかせて振り回していた。

すでに小半刻（三十分）もやっているから、汗びっしょりになっている。

もっとも相手がいるわけではない。ただの稽古で、ひとりで架空の敵を相手に振り回しているだけだ。陰では「大唐どのの影斬り」と笑われているようだが、言わせておけばいいことだ。

「精が出るな」

背後から声をかけられて大唐は大太刀をおろし、振り返った。

御小人頭の甚兵衛だった。

「これはお恥ずかしいところを」

とは言ったが、じつは人目につくようにわざと目立つところで稽古しているのであって、恥ずかしいとはさらさら思っていない。こうしていればいずれ人のうわさになり、信長の耳に入るに違いないと考えているのだ。

馬揃えそのものは、前代未聞の派手派手しさで挙行された。

会場となったのは、内裏の隣にもうけられた臨時の馬場である。上京(かみぎょう)にある内裏の東側には空き地が広がっていたが、そこに高さ八尺(約二・五メートル)の柱をたて、これを緋毛氈(ひもうせん)でつつみ、横木をゆいまわして馬場とした。

さらに馬場の内裏寄りに金銀をちりばめた仮御殿を建てて帝(みかど)の行宮(あんぐう)とし、その左右に桟敷をもうけた。こちらは公家(くげ)たちの席である。主役である信長は宿所(しゅくしょ)である下京(しもぎょう)の本能寺を出て、室町通りから一条大路をへてこの馬場へと向かった。五畿内の大名小名数百騎をひきいて、見物の京の町衆を圧倒しながらのお渡りである。

先頭は惟住五郎左衛門(これずみごろうざえもん)と摂津(せっつ)、若狭(わかさ)衆。二番に蜂屋兵庫頭(はちやひょうごのかみ)に河内(かわち)、和泉(いずみ)衆、三番に惟任日向守(これとうひゅうがのかみ)と大和衆と、みな数十騎の集団である。つづいて嫡男の信忠(のぶただ)を先頭に次男の信雄、三男信孝などがしたがい、近衛(このえ)、日野、烏丸(からすま)といった公家たちも馬に乗って行進した。旗本の不(ふ)破河内守(わかわちのかみ)や前田又左衛門(またざえもん)たちがつづき、弓衆百人がそのあとを締めた。

諸大名衆のあとから馬場に入った信長は、自慢の六頭の駿馬を中間(ちゅうげん)

衆に引かせて先行させ、つぎに右筆たちの、その後を御小人たちに杖や行縢、長刀などを持たせて歩かせた。

信長自身は大黒という黒毛の駿馬に乗っての登場である。行縢から鞍、手綱、腹帯、尾袋まで金の地に虎斑の縫い取りでそろえてある。

そしてご本人の出で立ちたるや、頭には唐冠の頭巾をかぶり、頬当ては金紗。頭巾のうしろにごていねいに花を立てていた。さらに白と紅梅の段替わりの地に桐唐草模様を描いた小袖を着し、その上に唐渡りの蜀江錦の小袖をかさね、肩衣と袴は紅緞子。腰蓑は白熊の皮、腰に牡丹の作り花を挿し、さらに沓は猩々緋。

よくもまあここまで派手な装束を集められたものだと、大唐はおそれいったものだった。

御小人は総勢二十七人。大唐もその中にまじり、長刀をもって信長の前を歩いた。

せっかく用意した大唐一世一代の派手な装束だったが、結局、着られなかった。御小人は二十七人全員が赤の小袖に黒革の袴、紺地に白で家紋を染め抜いた肩衣に統一させられたからだ。

信長の目の前で目立とうというもくろみは失敗に終わったのだが、かえって幸いだったと思っている。信長のあの派手さの前では少しくらい着飾っても、ぼろを着ているに等しかっただろう。

そんな馬揃えから一年以上たつが、大唐は相変わらず百石の扶持で御小人をつとめている。出世などまったく無縁だった。そしておこうの口うるささも変わらない。

衣装で目立つのはむずかしいと悟った大唐は、正攻法でいくことにした。

武技で目立とうというのだ。

狙っているのは馬廻り衆への昇格である。

御小人ではその役目柄、扶持の加増は期待できないが、馬廻り衆ならば千石、二千石といった扶持をとる者はざらにいる。もちろん戦場(いくさば)に出て手柄を立てなければならないが、信長の周囲にいればいずれにしても勝ちいくさになるだろうから、敵の首をとる機会はいくらでもあるだろう。出世にはもっとも都合のよい立場である。

そう思って大太刀を振り回しはじめた。力のあるところを見せつけ、あれだけの武技を持っているならば御小人においておくのはもったいいない、馬廻り衆に取り立ててやろうと言われるのを待つ作戦だった。

そうして一年たち、いまようやく声がかかったのである。

「そなた、近ごろよく稽古をいたしておるの」

「は、やはり相撲だけでは戦陣のお役には立てませぬゆえ」

「上様がそなたの姿を目にとめられてな」

「上様が？」

「さよう」

きた、と思った。これを待っていたのだ。

しかし表情には出さず、だまって話を聞く姿勢を示した。

「近ごろ熱心に得物（えもの）の稽古をしておるのは殊勝であると仰せられてな」

「はっ」

「あれだけ暴れたいのなら、御小人にしておくのも不憫じゃとのお言葉じゃ」

「はあ、はあ」

大唐は何度もうなずいた。配置換えされるらしい。望むところである。

「よって」

甚兵衛はそこで言葉を切った。「馬廻り衆になれ」という言葉がつづくと期待した。

が、そうではなかった。

「越中へまいれ」

「へっ？」

「越中じゃ」

「越中って……」

「柴田さまが一揆の輩を相手にして骨を折っておられる。少しでも人数がほしいところじゃ。そなたのような力自慢の者が行けば、お喜びになるであろう。柴田さまの寄騎として越中でその大太刀をふるうがよかろう」

えっと声を上げるところだった。

柴田勝家の北国陣は、東西に手広く展開している織田勢の中でいま一番苦戦しているといううわさだった。本願寺門徒衆とその背後にいる越後の上杉勢を相手にするには、柴田勢だけでは人数が足りないのである。

「あ、あのう」

「なんじゃ」

「いや……。ずいぶんと急なお話ゆえ」

「敵が攻めてきたときに、ずいぶん急な話じゃなどと言うておって
は首をかかれるぞ。それともいやか」

甚兵衛は途端にきびしい表情になった。

「いえ、いや、そのう」

「上様に申し上げるか。越中のご陣はいやでござるとな」

「め、めっそうもないことで」

「そうじゃろそうじゃろ」

甚兵衛は表情をゆるめた。

「明日とは言わんが二、三日のうちに行け。紹介の書状は明日取りに来い。よいな」

それだけ言うと行ってしまった。


「よい機会じゃ。行きなされ」

その夜のこと、おこうは断固とした口調で言った。

「出世には願ってもない場所じゃ」

大唐は座敷で寝転がっていた。きちんとすわる気力も湧いてこなかった。

「越中に行って、手柄を立てなされ」

「そんな……。相手は命知らずの門徒衆や。斬られれば極楽へ行けると思っておるような輩やぞ。泥沼を歩むような戦いやそうな」

「出世したいなら、苦労はつきものじゃ」

「あんなとこへ行くなら、暇をもらうわい」

「何を言うのじゃ。何ごともやってみなければわからぬわ」

おこうは寝かしつけた茶々丸の横で、早くも出始めた蚊を団扇で追っている。

「それに虫の知らせやろか。越中行きもいいと思うわ。一度あの殿から離れたほうが、あとあと何かといいような気がする」

奇妙なことを言うと思った。信長から離れることは出世から遠ざかることを意味する。どこがいいものか。

「暇をもらうなど、二度と言うてくださるな。一家三人、たちまち食うに困る。その日から屋根の下では寝られぬぞ。生まれ在所へ帰るかえ。耕す田畑があるならそれもええじゃろうが」

「……」

そう言われると言い返せない。仕官し、食い扶持だけでなく屋敷もあてがわれて身をゆだねている以上、あるじの下知に逆らう自由はないのである。いまそれを手痛く思い知らされた感じだった。

「そなたならどこでも生き抜いていける。自信を持って行きなされ。出世じゃ出世。男なら敵の首をとって、どんと千石ももらう身になろうと思わぬのか」

おこうに言われたが、大唐は素直にうなずけなかった。

五

大唐が寄騎として柴田勝家の陣についてすぐ、越中国魚津(うおづ)城二の丸の攻防戦があった。

上杉景勝(かげかつ)が派遣した将兵がたてこもる城を囲んだ織田勢は、濠(ほり)を泳ぎ渡って土塁にとりつき、城兵の射かける鉄砲や矢をものともせずによじのぼっては城内に入ろうとした。

大唐も初陣(ういじん)でこの恐ろしい城攻めに参加した。

法螺貝(ほらがい)と押し太鼓に背を押されて、城へ向かって走り出す。なにしろ周囲がみな走ってゆくので、ひとりだけ止まっているわけにはいかない。

濠際に来ただけで矢玉が飛んできて身体をかすめる。濠には水が張ってあり、緑色に濁って底が見えない。それでも甲冑を着たまま飛び込まねばならなかった。

重い甲冑をつけて大太刀を背負っているから、もちろん水底に沈む。すぐに水を飲んだ。手足で水をかいて必死で浮き上がろうとするが、顔が水の上に出るのは一瞬だけだ。しかもそのときを狙ったように鉄砲玉や矢が恐ろしい音を立てて飛んでくる。

それでも何とか向こう岸にとりついたのは奇跡としか思えない。濠の幅があと一間広かったら、おぼれ死んでいるところだった。

濁り水から顔を出したころには、もう多くの味方が土塁を乗り越えて城内に乱入していた。大唐もつづこうとしたが、そのときいきなり右腕に強い衝撃をうけた。

直後は痛みもなく、なにが起こったのかわからなかったが、よく見ると籠手（こて）が破れて赤い肉が露出していた。血も噴き出ている。鉄砲玉がかすめ、肉をえぐり取っていったのだ。

大唐は悲鳴をあげた。

止血しなければと思うが、濠の中ではどうしようもない。濠から上がろうにも、もともと大きな身体に重い甲冑をつけて大太刀を背負っているし、さらに左手一本では、這いあがることもままならなかった。

結局、濠の中でもがいているうちに二の丸が陥落した。大唐は水につかったまま味方の勝ち鬨（どき）を聞いたのである。

日が暮れる前になんとか助け上げられて、そのまま陣中で傷養生（きずようじょう）をする身となった。

その後も城攻めはつづいた。

二の丸が陥落したあと、救援に駆けつけた上杉景勝(かげかつ)の軍勢とにらみ合いをしたりしてひと月ほどは膠着(こうちゃく)状態となったが、その救援軍も去り、柴田勢は五月末からいよいよ本丸攻略にかかった。

「どうやらお味方の勝ちでござりますな」

本丸攻め開始から三日目、手負いの者の手当にあたっている陣僧が言う。本丸から煙があがっているのだと。

「ああ、そりゃめでたい」

城から少しはなれた味方の陣地の中で、死体のように地面に寝かされている大唐は生返事をした。

陣僧の手当がよかったらしく傷が化膿することはなかったが、痛みで腕を動かすことができない。しかも熱が出て全身が衰弱し、立っているだけでふらつくありさまだった。

そんな大唐の状態とはかかわりなく、十倍の兵力の攻撃をうけた魚津城は六月三日に落城した。上杉景勝から城をまかされていた武将たちは、みな本丸で腹を切って果てていた。

勝った柴田勢は歓喜に包まれた。その夜は兵たちに酒がふるまわれ、夜遅くまで高歌放吟（こうかほうぎん）の声が絶えなかった。

騒がしい陣中で、大唐はじっと寝ているしかなかった。

――出世をのぞんで慣れぬ戦場に出た途端、このざまや。

自分の甘さを後悔するばかりだった。じっと御小人のままでいれば、こんなことにはならなかった。出世をのぞんだばっかりに……。

どうやら運に見放されたようだ。欲を出したからだろうか。側室など夢見たからか。

大唐の悲嘆をよそに翌日も柴田勢は陣地にとどまっていたが、昼過ぎからようすが変わってきた。

祝勝気分もどこへやら、あわただしく帰陣の支度がはじまったのだ。せっかく落とした城を捨てて本拠地の越前にもどるという。

わけがわからなかったが、大将の下知には従うしかない。行軍がはじまり、大唐もやむなく熱をおして歩いた。傷がうずき、頭がくらくらするが、誰も助けてはくれない。

あまりにつらくて、子供のころの犂引きを思い出したほどだった。

牛呼ばわりされてもこんな怪我はしなかったものだ。

――なにがそなたならどこでも生き抜いていける、や。

安土に残してきたおこうを目蓋の裏に呼び出し、愚痴をこぼした。

「こんな仕儀になってしまったわい。やはりあのとき暇をもらったほうがよかったのではないか」

おこうはもちろんなにも言わない。ただだまって佇んでいるだけだ。

「越中行きを決めたのはわしやが、そなたにも尻を押した責任があろう」

八つ当たりすると、おこうは首をかしげたように見えた。

もしかすると側室を置く考えが見透かされていたのかと思った。けしからぬことを考えた夫に罰を与えてやろうとした……。まさかそんなはずはないだろうが、ここまで不運がつづくとつい疑ってしまう。

そんな道中で驚天動地のうわさが流れたのは、魚津を出て二日目のことだった。

「謀叛によって上様が討たれ、嫡男の信忠さまもお亡くなりになって織田家は壊滅。よってお味方もいま、敵の反撃を避けるために本領へ逃げ帰る途中だ」

というのである。

驚いて陣僧にたしかめると、おそらく間違いないだろうと返答があった。陣僧たちは仲間が始終旅をしているので、うわさを耳にするのが早い。

「京では本能寺と二条御所で合戦があって、両方とも焼けたらしゅうござる。そして京の町は兵でいっぱいだそうな」

陣僧は声をひそめて教えてくれた。

「本能寺が焼けた？　まことか」

「ええ。付き添いのお侍はみなお討死だそうで。もちろん上様も岐阜中将信忠さまもお姿が見えないとか。織田の家中もこれからどうなりますことやら」

それを聞いて大唐は震えた。

本能寺なら信長に付き添って何度も泊まったことがある。信長の身辺警護が役目の御小人はみな付き添っていただろうから、駒若も甚兵衛も討死しただろう。御小人のままだったら、自分も本能寺で討死していたのではないか。

手柄を立てて出世するはずが腕を負傷して運が尽きたと思っていたら……。

もしかしたら自分は運がよかったのか。

いいや、おこうのおかげだ。おこうが越中行きをすすめてくれたから、本能寺に行かなくてすんだのだ。

じわじわと胸の中が温かくなってきた。

「おこう、そなたはやはり菩薩さまじゃ」

と呼びかけると、目蓋(まぶた)の裏でおこうがにっこりと微笑んだ。

たわけに候(そうろう)——近習　猪子兵助(いのこひょうすけ)

一

下京にある寺の塔頭に止宿していた猪子兵助に、朝早くから客が訪れていた。

陰暦五月の末とはいえ、小雨が降りつづいているせいで暑くはない。広間の濡れ縁のすぐ外にある八つ手の葉が濡れて、鮮やかな緑色に映えていた。

その緑を背に、客が真剣な顔で兵助に対している。

「いかがでしょうかな。上様のご承認、得られましょうや」

と問いかけてくるのは、上京で土倉を営む富野倉という商人である。油小路通りに面した地所の所有をめぐって、さる公家と訴訟になっているのを、なんとかしてくれと頼み込んできたのだ。

「さようなことなら、上様の手をわずらわすまでもあるまい。村井どのが何とかしように」

上座にすわる兵助は、京都所司代をつとめる村井貞勝の名を出した。

「村井さまにはご昵懇をいただいておりまするが、こたびばかりは力になれぬ、とのお言葉にござりまして。どうやらあちらのお公家さまのほうが、お大切のようで」

と富野倉は言う。

所司代に正式に裁かれてはどうも不利なので、所司代の判決を左右できる信長からなんとか口添えをしてもらおうと思い、近習(きんじゅう)である兵助に泣きついてきた、という図式である。

長いあいだ信長の近習をつとめてきた兵助には、よくある話だった。

「証文はそろっておるのかな」

「それはもう、ぬかりはありませぬ」

富野倉はうしろに控える店者(たなもの)をうながし、風呂敷包みを解(ほど)いて証文を何枚かとりだした。

渡された兵助は、一枚一枚をゆっくりと眺めていった。

「ふむ。そろっておるようじゃのう」

「いや、さようでござります。負けるはずはないのでござりますが……」

「しかし村井どののことじゃ。むずかしかろうな」

兵助は証文を返しながら言った。あの村井貞勝が自分の考えを曲げるとは思えない、とも思った。

「そこをなんとか、お口添えを」

富野倉の願いに、兵助はしょぼしょぼと目をしばたき、首をひねった。

「ならば話すだけは話してみようか。上様でなく、まずは村井どののかのう」

そういう声は小さく、最後のほうは聞き取りにくいほどだった。

「あれで大丈夫でっしゃろか」

塔頭を出て、雨の中を自分の店に帰る道すがら、店者が笠を上げて富野倉に話しかけた。

「うわさに聞くのとちごうて、なんとも覇気のないお姿でしたが」

店者は今日初めて兵助に会ったのである。

「いつもはああではないがのう」

富野倉も笠をかぶったまま答えた。

「こちらが口を開く暇がないほど、口数の多いお方でな、用件を聞いてもらうだけで疲れるほどやったのに」

「とてもそうは見えしまへん」

店者は言う。

「気のないようすで、果たして動いていただけるかどうか……」

店者は自分のかかわる案件だけに、心配もひとしおのようだ。

「お顔色が悪うおましたし。お着物ばかりはずいぶんと派手なものを召してはったけど」

「ふむ、たしかにな」

兵助の着ていた小袖は、朱の地に金銀の箔押しで蝶を描いてあるという、ひと目見ただけで忘れられなくなる派手な代物だった。袴はさすがに無紋だったが、濃紫色に染めてあった。光沢のある生地は、かなり高価な練絹なのだろう。

そんな目に立つ傾いた装束も、はしゃぎすぎと言いたくなるようないつもの明るい態度なら似合うものだが、今日のように沈んでいてはなにやら滑稽でしかない。

しかし、と富野倉は言う。

「あの年まで上様のお側に仕えておるのや。歴戦の勇者であるのはもちろん、ずいぶんと諸方に練達の御仁やないと、つとまらんことやで」

「それはそうでしょうけど」

「上様もあのお方の器量は認めておられるのや。なんせ、はじめはな、信長さまのことをたわけやと言うておられたそうでな」

「へ？」

「知らんのか。なら教えてやるわ。むかし、上様がまだ二十歳前、上総介と名乗っておられたころのことや」

嫁を美濃の斎藤道三という大名から迎えていたので、舅の道三と婿の信長で一献傾けようではないかとの話が持ちあがった。

美濃と尾張の国境にある正徳寺でふたりは会ったのだが、このとき信長は髪を茶筅に結って湯帷子の袖をはずし、袴は虎皮と豹皮を交互に縫い合わせた奇天烈な半袴、腰には火燧袋やひょうたんを七つ八つぶらさげた姿で、馬に揺られて来たそうな。

これを見た道三主従は打ち笑い、やはり評判通りのたわけ者じゃ、いずれ尾張は美濃のものになると喜んだ。

しかし信長は只者ではなかった。

引き連れたお供衆が、足軽七百人に、弓鉄砲衆五百人という堂々たる軍勢だったのだ。道三主従もこれには息を呑んだという。

さらに寺にはいると屏風を引き回して中にこもり、きちんと髪を結い直し、褐色の長袴をはき、作法に則った姿に変身して大広間に立ち現れたのだ。

道三はこれを見て驚いたが、同時に信長の真の姿を見てとったのだろう。苦虫をかみつぶしたような顔で盃ごとなどの振る舞いを終え、また参会すべしと言って席を立った。

寺を出るとき、信長の引き連れたお供衆の槍は三間半（六メートル強）もあり、美濃衆の短い槍を圧倒して見えた。これにも道三は興をさまし、何も言わずに帰途についた。

「ところがな、途中、道三の行列が小休止したときに、そのころはまだ道三の家来であった猪子どのがわざわざ道三のもとへ来て、『なんと見ても、上総介どのはたわけにござりまするな』と言うたのやて」

「あはは、それはうかつなことでしたな」

店者は吹きだした。

「ま、ご自身も何年かしてそのたわけの家来になったのやからな」

と富野倉も愉快そうに言う。

その会見のあと、信長は十数年をかけて美濃を攻略し、自分の配下におさめたのである。猪子兵助が信長の近習になったのも、そのころだろう。

「お調子者なのは昔からの性分と見えるな。それでも猪子さまに器量とはたらきがあるからこそ、上様は近習においておかれるのや。まして、自分をたわけと罵(ののし)った男やからな。人一倍のはたらきがあったから、許したのやろ」

「はあ、ようわかりました。そやけど、ほんまに大丈夫かいな」

店者はまだ心配そうだ。

「なにか気落ちするようなことがあったんかいな。でもまあ、まかせておこうに。そのうちに立ち直られるやろ」

ふたりは寺のほうをふり返り、それから雨の中を上京へと去っていった。

二

「もうよいぞ。客は取り次ぐな。今日はそんな気分ではないわ」

兵助は弥三郎（やさぶろう）に命じていた。弥三郎は美濃にいたころから仕えている家人（けにん）で、もう六十歳になろうとする老爺（ろうや）だ。老いてはいるが、まだまだ足腰も丈夫だし気心が知れているので、側からは離せなかった。

「京へ来たのは久しぶりゆえ、ほうっておけばこのあとも公家やら商人やらが来るかもしれん。みな追い返せ。いないと言え」

そう言って弥三郎までも追い払うと、ひとりきりになった広間にごろんと大の字になって寝ころんだ。

「まったく。一日二日はゆっくりできるかと思うたのに」

ついひとり言が出た。思っていることを胸の中にしまっておけない質（たち）なのである。

雨はまだ降りつづいていた。閑寂（かんじゃく）な広間に、軒から雨水が落ちる音が響いてくる。その中にじっとしていると、事態の深刻さがひしと胸を締めつけてくるようだった。

「ああ、今度こそ近習がいやになったわ」

天井を見ながらつぶやく。

信長の側にいて身の回りの世話をしながら、平生は訪問客を取り次いだり、命じられる用向きを果たし、戦時は馬廻り衆として上様の身を守るのが近習の役目である。

五十歳近い兵助はさすがに身の回りの世話はしないが、その分、信長への取り次ぎを依頼されることが多く、家中の者ばかりでなく商人や公家などからも、なにかと相談を持ち込まれる立場である。軍勢をひきいて戦場へ出ることはまずないが、戦場へ検使として出向くことは多い。

信長からも信頼され、それなりに仕事はこなしてきたつもりだった。しかし今回ばかりは参った。これほど取り次ぎで揉めたのは、はじめてである。

「光秀めもようやってくれたわ」

十日ほど前の安土城での出来事が、兵助の憂鬱の原因だった。

きっかけは、おなじ美濃出身の旗本、稲葉一鉄からの訴えだった。

一鉄は、自分の家来、那波直治が自分のもとを退散して、惟任日向守こと明智光秀に仕えるようになったのを憤り、近習の堀久太郎をつうじて光秀の横暴を信長に訴えたのである。光秀は、先には一鉄から斎藤利三という一騎当千の武将を奪いとり、なおも足りずに那波直治まで引き抜いた、というのだ。

訴えられた光秀は、兵助に取りなしを頼んできた。織田家の中で重臣格の光秀といえど、常に信長の側に侍っているわけではないから、こうしたときには近習を頼るしかないのだ。

光秀も美濃出身で、兵助は斎藤道三の配下であったころから知っている。ふたつ返事で引き受けて、光秀のために堀久太郎とも話をした。しかし堀久太郎も一鉄からかなり強硬に訴えをうけているらしく、穏便にすませようとする兵助の意見を聞かなかった。

「稲葉どののお怒りはずいぶんと根深くて、それがしごときがいくら宥(なだ)めようとしても無理でござる。ここまでこじれたものは、もはや上様の裁決を仰ぐ以外、解決はできぬと存ずる」

久太郎は端正な顔をまっすぐに兵助に向け、よどみなく言った。まともに正論をぶつけられては、兵助もたじろがざるを得ない。

「さほどにお怒りかや。あの頑固親父にも困ったものじゃ」

おなじ美濃侍として一鉄もよく知る兵助には、この訴えの背景がなんとなく見えていた。

おそらく一鉄は光秀の出世ぶりを嫉妬しているのだ。

二十年以上前、すなわち信長が道三と会見をしたころには、一鉄は美濃斎藤家のうちでも際だって大身の国人だった。対して光秀は明智城主の連枝といっても、大した領地とてない一土豪にすぎなかった。一鉄のほうが明らかに格上だったのである。

ところがいまや、一鉄は美濃の旧領のほかは大して領地も増えておらず、信長の旗本といった地位に甘んじているのに、光秀は丹波一国を領有する国持ち大名になっているばかりか、丹後や大和も支配下に置く、畿内管領とでもいうべき重職にある。

そこへもってきて、自分の配下の者を引き抜かれたとあっては、一鉄が面白いはずはない。

一鉄と喧嘩別れした斎藤利三が光秀に冷遇されれば、まだ一鉄の腹も癒えるだろうが、悪いことに利三はよほど光秀に気に入られたのか、いまでは家老、それも筆頭格として活躍している。

これでは一鉄は面子も潰されたことになる。おさまるはずがない。

こじれにこじれた感情のしこりが根にある以上、この諍いはなかなか解決しないだろう。

「しかしなあ、だからこそわれらが間に入って、あの頑固親父に因果(が)を含め、光秀にも少々譲らせて、上様のお手間とならぬようつとめるべきではないか」

自分より二十歳ほども若い久太郎をたしなめるように言ったつもりだったが、

「では、猪子どのから一鉄どのを説得していただけましょうや」

と逆に言い返されてしまった。

「む、それもいいが……」

といっても一鉄は安土にはいない。美濃の清水城にいる。近習としての仕事がある兵助がそこまで出掛けるのは無理だ。

そうしているうちにも、堀久太郎が一鉄の訴えを信長の前で披露した。久太郎はこのあと、中国の羽柴(はしば)秀吉への使いを命じられていたから、急いだのだろう。

光秀の代理として兵助が立ち会ったのだが、その訴訟では那波直治よりも斎藤利三のほうに厳しい言葉がつづいた。

「稲葉家の家臣として恩を被り（こうむり）ながら、主命を聞かず、あまつさえその恩を仇（あだ）で返すように稲葉家を退転、浪人すると称し、その実、惟任どのに推参し、主従の契りを結ぶ。これ不実の極（きわ）み、誠なき輩（やから）なり」

というのである。

どうやら一鉄の怒りは、光秀を通り越して斎藤利三に向いたらしい。喧嘩別れしたとは聞いていたが、よほど手ひどく罵り合いでもしたのかもしれない。

兵助は驚いたが、堀久太郎が訴状を読みあげるのを止めるすべもない。聞いているうちに、上段の間にすわる信長の顔が険しくなっていった。

「さような儀ならば、わしから光秀めに言い聞かせてやるわ。光秀を呼べ。いますぐじゃ」

と言われてしまった。

間の悪いことに、いつもなら居城の坂本城にいるか、ほかの戦場を駆け回っているはずの光秀が、そのときに限って安土城にいた。

織田家が甲斐（かい）の武田家を滅ぼした直後で、信長が徳川家康のはたらきを賞して駿河（するが）一国を与えたため、家康が御礼を言上（ごんじょう）するとして領国の三河（みかわ）から安土城に上ってきていた。光秀は、その応接を命じられていたのである。数日前から安土城内で、料理や茶の支度を調えるなど、みずから指揮して立ちはたらいていたのだから、隠れようがない。

こうなったらもう、誰も信長を止められない。さっそく光秀が御座所に呼ばれた。

兵助はその場に留まっていたが、これでは頼まれた役目をまるで果たせていない。光秀は恨むだろうなと居たたまれぬ気分だった。

「参上仕(つかまつ)ってござりまする」

城内のどこかから駆けつけてきて下座に平伏(へいふく)した光秀に、信長は、

「こりゃ光秀。そのほう近ごろ横着ではないか」

とまずは穏やかに言いかけた。傍若無人の信長も、さすがに重臣相手となると少しは遠慮するらしい。

「は、と申しまするど」

光秀は平伏したまま問い直した。

「那波のことじゃ。一鉄から奪ったじゃろう。それが不服じゃと訴えが来ておる。あれは一鉄に返してやれ。ひとりくらい減ったとて、そのほうのいくさ支度に支障あるまい」

「……は。那波でござりまするか」

光秀は歯切れが悪い。何か言おうとした。だが信長はすでに決まったこととして取り合わなかった。

「それと斎藤利三じゃ」

「利三めが、なにか」

「あれは切腹させよ」

え、と兵助は思わず声を出した。光秀も驚いたのか、顔をあげている。

「あるじが気に入らぬとて自儘に振る舞い、家中を乱す不届き者じゃ。家来があるじに楯突いて、思いが通らぬといっていちいち退転しておっては、誰もあるじの命を聞かぬようになる。一鉄もいまさら返せとは言わぬ。といってそのほうの許に置いておいては、示しがつかぬ。殺すしかあるまい」

「し、しばらく。しばらくお待ちくだされ」

たまらず兵助は声をあげた。

「上様、ここは一番、考えどころにござりまするぞ」

「兵助、余計なことを申すな！」

「いや、お聞きくだされませ。あの利三、なかなかの者にござりましてな、いくさが上手なのは無論のこと、母親が公家の出でござれば、和歌をよくするし書も堪能という、見所のある男にござる。生かして使うがお家のためでござりまするぞ」

いつもなら剽げたことを言って信長の機嫌をとるのだが、今回はそんな余裕はない。

「うるさい！　そのほうの意見など聞いておらぬ。差し出がましい口を叩くな！」

信長の大喝に射すくめられそうになったが、利三の命がかかっている。兵助は粘った。

「口不調法の段、なにとぞお許しくだされ。しかし利三は美濃斎藤の主流の出でござれば、あれを誅殺するると美濃衆が騒ぎまする。そのところも勘考なさるがよろしいかと」

「む……」

「一鉄どのもあるじとは申せ、もともと美濃にあっては、守護代をつとめた斎藤家のほうが稲葉家の主筋でござる。利三のほうにも思うところはあったでござろう。そこを汲んで召し使うのが大器量のあるじというものでござりましょうに。一鉄どののように頑固者でござれば、なにかとぶつかる者もおりましょう。いちいち申すがままに家来の命を絶っておっては、家中から人がいなくなり申す」

それだけ言って、信長のようすをうかがった。

信長は口を閉じ、いらいらと扇子を開いたり閉じたりしている。顔つきはまだ険しいが、なにか考えているようだ。兵助の嘆願が効いているらしい。

「那波は一鉄どのに返すとして、利三はしばらく謹慎させるか、一騎駆けの武者に落とすか、光秀どのの仕置きにまかせてはいかがかと存じまする」

そう言ってから兵助は光秀のほうをうかがった。

光秀は不服そうな顔をしていた。

いやな感じがして、上座にいる信長にちらと目を走らせた。信長も癇(かん)を高ぶらせた顔である。

光秀が信長を見た。ふたりの視線がぶつかった。

座に緊張が走る。

ふつう、家来は信長をまともに見るようなことはせず、信長の前では平伏しっぱなしなのである。

悪い予感がして、兵助は身をすくめた。

「おそれながら」

と光秀が口を開いた。

「利三のこと、堪忍くだされませ」

「なにい」

信長が低い声を出した。座が凍りつくようなひと言だった。光秀は一瞬、声を詰まらせたが、自分を励ますようにしてつづけた。

「あれはもうそれがしの手足にござります。合戦のときに側にいないなど、いまさら思いもつきませぬ。那波はよろしゅうござりますが、利三は堪忍くだされませ」

光秀の額にいつの間にか汗がにじんでいる。

「わしの言うことが聞けぬか」

信長が片膝を立てた。

「お言葉ではござりまするが、そもそも、人に欲しがられるような家来を持たねば、よいはたらきはできませぬ。ご奉公を尽くすためにも、利三はわが手元ではたらかせ……」

光秀が言い終わる前に信長は上段の間から立ちあがっていた。そして足音も高く光秀の前へ歩み寄った。

「この、うつけ者めが！」

言うなり固めた拳(こぶし)で光秀の頭を殴った。

「わぬしはあるじの言うことが聞けぬのか。ちっとばかり持ちあげてやれば増長しおって！」

二度、三度、鈍い音が広間に響く。とっさのことで、兵助も口を出せなかった。

光秀は打たれるままになっていたが、三度目に打たれたとき、ふらついて畳に横倒しになった。そこで信長ははじめて我に返ったようだった。一歩下がると、ふり返って今度は兵助を見た。

目があった瞬間、兵助は平伏し身を固くした。斬られる、と思った。それほど険しい目つきだった。

「おのれも、いらぬ差し出口をするでないわ！」

と言うが早いか、信長は兵助の肩口を蹴った。遠慮のない蹴り方だった。兵助の身体（からだ）が浮き、顔があがった。こんなときは、身をすくめてやり過ごすしか方法はないとわかっている。兵助はまた亀のように平伏した。

幸いなことに、それで信長の気は済んだようだった。二度目の蹴りは襲ってこず、頭上で信長の声がした。

「那波は返せ。利三は、そこまで言うならしばらくは預ける。追って沙汰するまで、慎んでおれ」

と言い捨てると、信長はその場から退出した。小姓たちがぞろぞろと後をついてゆく。堀久太郎も静かに消えた。

広間にはふたりだけが残った。

「おお、大丈夫か」

兵助は光秀を抱き起こそうとした。

「これ、誰かある。薬湯を」

「……気遣いない」

兵助の手をはねのけ、光秀はむくりと起きあがった。

「これしきのこと、騒ぐな。人を呼んでこれ以上、恥をかかせる気か」

と言うその目は血走っていた。見ると、頬骨からこめかみにかけて青あざができている。後頭部の小さな髷がゆがんでいた。

「いや……。すまぬ。頼まれたのに、なんの役にも立たなかった」

兵助は頭を下げ、片手拝みにした。

そんな兵助に目もくれず、光秀はふらりと立ち上がるとそのまま部屋を出ていった。

光秀が、家康の饗応役を免じられ、かわりに中国行きの軍役を命じられたのは、その翌日である。兵を調えるべく、光秀はその日のうちに自分の持ち城である亀山城へ引き揚げていった。

それで一件は落着したかに見えた。

信長が家来に雷を落とすのは珍しいことではないし、今回はその後、光秀に新しい命令を出しているから、光秀を許すという姿勢は明白だった。とすれば光秀の身は安泰である。あとはいままで通り、ふたりの間に主従としての日常が流れてゆくはずだった。

おさまらないのは兵助である。

光秀の依頼に応えられなかったばかりか、信長の心証（しんしょう）まで害してしまった。その後、光秀からはなんの連絡もないし、信長からの言葉もない。

自分の、近習としての立場はどうなるのか。

信長の怒りはとけたのか。信頼を失って、近習をお役ご免になるのではないか。

しかも、うわべは収まったようでも、まだ利三のあつかいは決まっていない。追って沙汰するというだけだ。この騒ぎは、また蒸し返されるかもしれないのである。

そんなことが気になって悶々（もんもん）とした日々を送っていたところ、馬廻り衆にも陣触れがあった。信長自身も中国陣へ出馬することになったので、馬廻り衆は一度、領地へもどり、手兵をひきいて京へ集合せよというのだ。

京は久しぶりだった。気分を変えるのにちょうどいいと思い、領地へは出陣を命じておいて、自分は早めに京へ来たのである。

しかし、京へ来たくらいではなんの解決にもならなかった。気分は一向によくならない。

外では、まだ雨が降りつづいている。

寝返りを打つと、兵助は目を閉じた。

三

翌日、信長が上京してきた。

安土城から京までは、信長の庭も同然である。数十人の小姓だけを連れての道中だった。

宿所の本能寺には、夕方近くに到着した。

兵助も出仕し、本堂の広間に控えた。

いつもの上京なら、挨拶のために参集する人々をさばくのに苦労するのだが、今回はそれがなかった。京の入り口、粟田口あたりには、いつものように公家衆が出迎えにあつまっていたのだが、小姓の森蘭丸が先走りして、出迎えは無用と伝えたのである。それが京中に伝わったらしい。おそらくみな、明日押しかけようと算段しているのだろう。

本能寺は下京の西洞院通り沿いにあり、周囲を土塀と水濠で囲まれている。信長の常宿だけあって、寺といえど城塞のような造りである。

本堂にいる近習や馬廻り衆は、総勢二十名ほどだった。出仕しても特にすることもないので、あちこちでふたり三人とあつまっては無駄話の花が咲いていた。

兵助は、ひとりぽつねんとすわっていた。

いつもは大声で馬鹿話をして人の輪の中心にいるのだが、今日は勝手がちがった。

仲間たちから、避けられているようなのだ。

なにか話をしても、一応は聞いてくれるが、一段落すると席を立たれてしまう。あからさまに嫌われているわけではないが、なにかが違う。

――さては光秀との席で、上様から足蹴にされたのがひろまったか。信長のご勘気をこうむれば、この先、どんなあつかいを受けるかわかったものではない。ほとんど気まぐれのように、家来の非を見つけては破滅へ追いやるのが近ごろの信長である。

長年、重臣として信長に仕えながら、はたらきが悪いとして高野山へ追放された佐久間信盛や、昔から織田家の重臣だった林秀貞の放逐など、悲惨な目にあった家臣の例は山ほどある。兵助にもその危うさが迫っていると見たのだろう。とばっちりを受けまいとして、みな兵助を避けているのにちがいない。

「甲斐もなし」

誰にともなくつぶやくと、兵助は座を立ち、本能寺をあとにした。

宿所にもどっても、することがない。

「弥三郎、酒を持て」

寝所に酒を持ってこさせると、弥三郎もすわらせた。

「ひとりでは味気ないわい。わぬしも飲め」

「はあ。ちょうだいいたしまする」

弥三郎は、酒好きである。兵助が考え事をしつつ飲んでいるうちに、手酌でぐいぐいと瓶子をあけてゆく。

「しかしなんじゃな。浪人したならば、酒も気安う飲めぬじゃろうな」

幸せそうな顔で盃を口に運ぼうとしていた弥三郎が、思わず手をとめた。

「浪人……で、ござりまするか」

上目遣いに兵助を見る。

「さようじゃ。覚悟しておけ。禄がのうても食う算段をせずばなるまい」

弥三郎の顔が引きつる。

「それはもう、お決めになったので」

「阿呆。そうやすやすと決めるものか」

「なぜにご奉公をおやめになろうとお考えで。よろしければお聞かせくだされ」

「つまらんからよ」

弥三郎の目が丸く開かれた。

「それだけでござりまするか」

「ああ。この年で近習など、もうしとうないわ。惟任も羽柴も、もとはわしとおなじくらいの禄の者であったのに、いまでは大違いじゃ。何万という軍勢の大将になっておる。わしにはいまだに何十という手勢しかおらぬ。それに近習は若い者が多くてな、いまでは若い者に馬鹿にされながらつとめておるわ。つまらんとは、そういうことよ」

丸くなった弥三郎の目が、たちまち三角になった。

「旦那(だんな)さま、おやめなさいませ。いまの御時世で浪人なんぞ、よいことはありませぬぞ」

「そうかな。気楽ではないか」

「せっかく上様が畿内から東国までを平均(ひらなら)しにされて、つぎは中国四国も上様のものになるというところではござりませぬか。中国四国が片付けば、また新たに禄もちょうだいできましょうに。旦那さまが大名になられるまで、あと一歩でござります」

「まあ、な」

「ここまで懸命に仕えて来なさったのは、何のためでござりますか。禄を増やし、家を大きくするためではござらぬか」

「それはそうじゃがな」

兵助はぐいと盃をあけた。

「仕えるというても、相手あってのことでな、あるじが機嫌を損ねれば、こちらとしても気分よく仕えるわけにもゆくまい。なにしろ上様は剣呑なお方でな、機嫌を損ねれば命が危ないのじゃ」

「つまり、旦那さまはご奉公をしくじったのでござりまするか」

「そうかもしれん」

弥三郎は、はあ、と力のないため息を漏らした。

「あるじにかようなことを申しては何でござりまするが、旦那さまは奉公人の覚悟が足りませぬな」

「おいおい」

「さようでござりましょう。つまらんから投げ出す、あるじの機嫌を損ねたから浪人じゃとは、一人前の奉公人が言うことではござりませぬ。奉公をなんとお心得でござりますか」

あ、こやつ酔ったな、と気づいたときにはもう遅かった。弥三郎はねっとりとした目で兵助をにらみつけている。

「奉公は辛抱。なにごとも辛抱が肝心でございまする。辛抱さえすれば、奉公はつづきお家は安泰。お禄もいただけまする。お禄さえあれば、この世の難事はほとんど解決いたしまする」

弥三郎は手酌で一杯飲み干すと、またつづけた。

「お家のことを考えてみなされ。まだ若様は小そうござる。奥方もお若くあられ、しかも側女（そばめ）まで抱えておられる。お禄がなくなったら、どうして養（やしの）うていかれるおつもりで？　霞を食（くろ）うては生きていけませぬぞ」

「ああ、わかっておる」

「いいやわかってはおられませぬ。わかっていなされば、かりそめにもさようなことは漏らされぬはずでござります」

弥三郎はからんでくる。

しかし言うことはもっともだった。兵助の子供はまだ小さい。信長にこき使われて東奔西走しているうちは家を空けることが多く、なかなか子もできなかったのだ。安土城ができたあたりから、ようやく家に落ち着いていられるようになり、子もできた。ついでに側女も囲ったのだが、ともあれ子が成人するまでは隠居もできないというのが実情である。

「わかったわかった。そうじゃな、覚悟じゃな。わかった」

「どうわかったのでござりまするか。まだ心配でござります」

「奉公はつづける。つまらん愚痴を言って心配かけたの」

兵助とて本気で浪人しようと考えたわけではない。ただ長年の奉公に疲れ、つい愚痴が出ただけである。

織田家は、ここ十数年の苦闘が実り、日本一の大大名にのしあがっている。これからは収穫の時期にはいる。せっかくここまで苦労して仕えてきたのに、収穫にあずからずに去るなど、もったいなさすぎる。いま少しの辛抱だということは、よくわかっている。

「よう了見(りょうけん)してくださいました。弥三郎、うれしゅうございます」

と言うと弥三郎は、目を赤くしてすすりあげはじめた。しまった、こやつ泣き上戸だった、と兵助は思いだし、うんざりした。

――それにしても、光秀めも大変じゃわい。

盃をあげながら、ふっと思い出した。自分の子も小さいのだが、光秀も、娘はすでに嫁に出ているが、跡取りの息子はまだ小さかったはずだ。つまり兵助とおなじ悩みを抱えているのである。

「覚悟か」

兵助はつぶやいた。

「たしかに奉公には覚悟が必要だな」

さようでござりますとも、と弥三郎が涙声で応じた。

四

翌日、本能寺には朝から公家や商人たちが訪れ、門前がにぎわしくなっていた。

近習たちは門に近い本堂や厩（うまや）に控えていて、呼び出しがあるたびに出ていって所用を果たした。

兵助のところへも、取り次ぎを頼む者が三々五々、やってくる。そのたびに兵助は話を聞き、御殿へ案内したり、書状や礼物を受けとったりと忙しく立ちはたらいた。

昼前には、寺内でもっとも大きな御殿に客が数十人も詰めかけ、いっぱいになっていた。ときどきそこに信長も顔を出す。どうやらこの春の甲斐出兵の手柄話をしているようだ。

「やれ、今日も繁盛でござるな」

さすがに来訪者も途絶え、ようやく手が空いたので、兵助は近習仲間の湯浅甚介に話しかけた。甚介とは長い付き合いで、長篠の陣でもいっしょだった。

「これが物売りならば、大もうけじゃわい」

「御殿へ行って餅でも売ろうかの」

ははは、と笑いあっていると、菅屋九右衛門が来た。

「お控えなされ」

と言う。

「中国出陣を前に、不謹慎でござろう」

それだけ言うと、さっさと離れていった。

兵助たちはむっと押し黙った。言いたいことはあるが、菅屋九右衛門は近習のとりまとめを命じられている。年は若いが、兵助にとっては上司なのである。

兵助はふうとため息をつき、甚介は離れていった。

八つ（午後二時）を回っても、御殿の中はにぎやかだった。信長もまじえて、さまざまに話をしているらしい。

相手をするのは公家衆や商人たちである。茶や茶の子が出され、そのたびに侍女たちが台所と御殿のあいだを行き来する。

「ちとたずねるが」

と兵助は小姓のひとり、森蘭丸をつかまえて言った。

「上様に言上(ごんじょう)したいことがあるのじゃが、暇はありそうかな」

近習といえど、兵助はいつも信長の側に侍っているわけではないから、信長と会うには身の回りの世話をする小姓に都合を問い合わせねばならない。

「今日、でしょうか」

「さよう。早ければ早いほどよい」

先日、富野倉から頼まれていた件を片づけるつもりだった。

京のことだから、京都所司代、村井貞勝に直談判(じかだんぱん)することも考えたが、ああいう能吏(のうり)を相手にしては、言い負かされて終わりになる危険がある。

それに、安土城での光秀のことが兵助の胸の内に尾を引いている。信長にじかに会って、自分に対する怒りがまだ残っているかどうか、たしかめたい気持ちもあった。しかし、

「無理でござります」

蘭丸はひと言の下に斬って捨ててくれた。

「今日は出陣前のことで、くつろいでおられます。今日は何も聞かれませぬ」

それだけ言うと、蘭丸はさっさと行ってしまった。

相手にされていない。

兵助は舌打ちし、本堂へもどった。

その夜、遅くに宿所に帰ると、

「酒じゃ、酒」

と弥三郎に命じた。気鬱(きうつ)は散(さん)じるどころか、つもるばかりだった。

「寝所に持ってこい。あ、わぬしはよいぞ」

飲ませて、また説教された上に泣かれたのではかなわない。

「飲み過ぎは身の毒じゃ。少しつつしめ」

弥三郎は寝かせて、今夜はひとりで飲むつもりだった。

五

「旦那さま、起きてくだされ！」

翌朝、弥三郎に肩を揺すられたとき、兵助はまだ夢見心地で、灰色の雲の中にいた。

――もう朝か。

薄目をあけたが、頭の中に血が回らない感じだった。昨夜、あれからひとりで遅くまで飲んだのである。

「う、うえ」

飲み過ぎたのか、胸が苦しい。

「まだよかろう。もうちっと寝かせい。出仕はあとで……」

弥三郎の手を振り払って、兵助は目を閉じた。

「燃えてござる！」

「……ならば水をかけろ」

「本能寺が、燃えてござる！」

「ああ」

弥三郎に背を向け、また寝入りかけた。

「あ？」

目を開いた。

「……いま、本能寺と申したか」

寝ぼけ眼(まなこ)に弥三郎の顔がゆがむ。

「本能寺が燃えておりまする。軍勢が取り囲んでおるそうな」

兵助ははね起きた。

「うえっ」

とたんに胃の腑から苦いものがこみ上げてきた。たまらず濡れ縁に走り、庭へ吐いた。

「早く、早く駆けつけなされ。お供いたしまするぞ」

「……まずは水をくれ」

水を飲み、出された袴と小袖を着ているうちに、なんとか人心地がついた。

「軍勢だと？　火を消しにかかっているのか。どこの軍勢じゃ」

刀を腰に差しながら訊く。

「なにを太平楽を」

弥三郎はいらついている。

「本能寺が攻められておりまする。攻められて、燃えておるのじゃ」

思わず手を止め、弥三郎を見た。

「本能寺が攻められたと？　そなた、正気か！」

「鉄砲を撃ちかけ、槍を手に門から入ってゆくのは、どう見ても攻めておるのでござりましょうに」

弥三郎は、明け方に寝床で鉄砲の音を聞き、起き出して音のする方角へ見に行ったという。すると本能寺だったというのだ。

「……軍勢は、どこの手の者じゃ」

「桔梗（ききょう）の紋でござりました。惟任どのではござりますまいか」

「惟任だと。光秀か！」

脳裏に十日ほど前の光景がよみがえった。あざのできた顔、乱れた髷、血走った目……。

光秀は中国へ出陣するとて安土城を去っていった。軍勢を調えるためだ。

その軍勢か。光秀の亀山城からなら、大軍でも京へはひと晩で着く。

「どうなされました。急ぎなされ」

「くそっ」

兵助は全力で駆けだした。弥三郎が槍を持ってあわてててついてくる。

「光秀のたわけめが！　早まりおって！」

走りながら叫んでいた。

光秀を憎むことはできなかった。その心境が痛いほどわかるからだ。

あのとき信長に打擲(ちょうちゃく)され、侍としてというより、ひとりの男としての尊厳をずたずたにされた。しかも最愛の部下まで手放さねばならぬかもしれない羽目に陥った。安土城を去るにしても、恨みは深かったはずだ。

その上、いったん信長に目を付けられたら、無事でいられる保証はどこにもない。

二年前に追放された林秀貞など、二十五年前に信長が家督相続をするときの争いで敵に回ったことを持ち出して、追放の理由にされたのである。今回は無事に済んでも、いつ難癖をつけられ、身ひとつで追放されるかわかったものではない。

おそらく光秀は亀山城に帰っても、恐怖と悔しさとで眠れぬ夜を幾晩も過ごしたのだろう。そしてついに決意し、信長に襲いかかったのだ。

何てことだ。

責任の一端は自分にもあると思った。あのとき稲葉一鉄の訴えをうまくいなしていたなら、こんなことにはならなかったはずだ。

室町通りに出た。右に折れて北へと向かう。本能寺はもうすぐだ。

と、六角(ろっかく)通りから室町通りへ走ってくる者がいた。兵助と目が合うと、その者は立ち止まった。

「猪子どの。こちらはもう、駄目じゃ」

馬廻り衆の野々村三十郎(ののむらさんじゅうろう)だった。

「御殿は火に包まれ、寺の中も外も惟任の兵だらけじゃ。供の小姓衆はみな討死しておろう。行っても無駄じゃ、無駄」

「う、上様は！」

「おそらく、ご生害」

「なんとっ！」

驚く兵助に、三十郎は北の方を指さした。

「それより、妙覚寺に参られよ。中将どのが危ない。惟任は中将どのも討とうとするにちがいないわ」

中将とは信長の嫡男、織田信忠である。信長より先に京へ来て、本能寺の北東にある妙覚寺に止宿していた。信長はすでに家督を信忠にゆずっていたので、信忠も討たねば織田家を倒したことにならない。

「さあ、参られよ」

三十郎がうながすので、兵助は弥三郎とともについていった。

妙覚寺も濠と土塀に囲まれた城塞寺院である。その前に、騒ぎをききつけた信長の馬廻り衆が何百とあつまっていた。みな兵助のように、京のあちこちに宿をとっていた者だ。

見ると中将信忠その人も馬廻り衆の中にいた。どうやら妙覚寺を出てきたところのようである。

「おお、間に合ったか」

三十郎がほっとしたように言う。そこへ馬で駆けつけてきた者がいた。

京都所司代の村井貞勝だった。

子息らしい若者ふたりを連れている。貞勝は馬を下りるなり、平伏もせず、信忠の前で大声をあげた。

「中将さまに申しあげまする。本能寺ははや落去つかまつり、御殿も焼け落ちてござりまする」

おお、と周囲がどよめく。貞勝はさらにつづけた。

「光秀めは、定めてこれへ取りかけてござろう。まずは二条の新御所へ。御構え結構にござれば、立て籠もりしかるべしと存じまする」

大声で言い立てながら、鳥を追うように両手をひろげ、みなを二条御所のほうへ追いやる仕草を見せた。

信忠はじめ馬廻り衆は、いっせいに二条御所へ走った。

兵助もその中にいる。もはや何も考えられなかった。ひたすらついていった。

二条御所では本来の住人である親王や若宮(わかみや)に退去を願い、ひと騒動あったが、ともかく千人近い馬廻り衆がみな中に籠もった。

まだ光秀の軍勢は姿を見せない。ここで馬廻り衆の主立った者が信忠を囲み、中庭で立ったままの軍議となった。

「中将さまは、安土城へ退(の)かれるべし」

と唱える者が多かった。

「今ならまだ間に合いまする。安土で軍勢を調え、しかるのち惟任を退治なされるが上策と存じまする」

しかし、信忠はこれに首をふった。

「惟任のことじゃ。よもや逃してはくれまい。京の諸口はすでに兵が固めておろう。この人数で突き破るのは無理じゃ。途中で雑兵(ぞうひょう)に首をとられるのも無念なれば、ここで腹を切るわい」

という信忠の顔は、若いころの信長にそっくりだった。

一瞬の沈黙があったが、

「御言葉、ごもっともでござる」

菅屋九右衛門がまず頭をたれ、毛利新左衛門（もうりしんざえもん）や野々村三十郎も同意した。

これで籠城と決まった。といっても生き延びるためではない。信忠が腹を切るまで、時間を稼ぐのである。

軍議の輪に加わっていた兵助は、あたりの者たちを見回した。

「さあ、合戦じゃ。裏切り者の惟任など、なにするものぞ」

と張り切っているのは、若い新参者ばかりだった。こういった手合いは最後まで戦う気はない。どこかで逃げ出すつもりでいるのだろう。兵助が顔を知っている古参の衆は、みな青い顔をしていた。無理もない。信長が死に、信忠も死ぬ覚悟でいる以上、自分たちだけが逃げ出すわけにはいかないからだ。ここが死に場所になるのを悟った者たちばかりだった。

そこへ重い足音がしたと思うと、鬨の声が響き、鉄砲の爆ぜる音が加わった。

「来たぞ。門を固めろ」

誰からともなく言いだし、中庭からそれぞれの門へ散っていった。

「たしかに、奉公には覚悟が必要じゃの」

と言うと兵助は弥三郎のもっていた槍を引っ摑み、ゆっくりと大手門へ歩いていった。

ふと振り向くと、小姓たちに守られた信忠が御殿へ入っていくところだった。

その姿を見たとき、不意に、正徳寺で見た若き信長の姿を思い出した。

あの日、信長の異様な姿に、ひどい違和感を覚えた。ものを知らぬとか、道理をわきまえぬというのではない。世の中を舐めていると思ったのだ。

だからわざわざ道三の前へ出向き、信長はたわけだと告げたのである。

しかし道三は言下に否定した。たわけどころか、まぎれもない大物だという。

結局はその言葉を信じ、兵助も信長に従ったのだったが……。

その後、三十年近くになる。

今日の今日まで、信長は頭抜(ずぬ)けた能力を見せ、日本のあらゆる勢力を斬り従えてきた。たわけではないという、道三の見立てが見事にあたってきたのである。

だがこの結末はどうだ。

癇癪(かんしゃく)を破裂させたために、家臣に裏切られて火焔(かえん)の中に滅するというのは、利口な者の死に方だろうか。

「道三どの、あの世よりご覧(ろう)じろ。信長はたわけじゃというわしの見立てのほうが、正しかったではござらぬか」

だが道三を恨むわけにはいかない。信長をあるじに選んだのは、自分なのだ。

大手門は開かれていた。この小勢ではどうせ支え切れないから、いさぎよく討って出ようというのだ。みな甲冑もつけていないというのに、門の前にあつまっている。

兵助は槍をしごくと、最前列に加わった。

信長に仕えていなければ、こんなことにはならなかっただろうかと思った。だが考えても何の足しにもならなかった。はっきりしているのは、自分は間違った道を選んだということだけだった。三十年もたって、そのことがようやくわかったのだ。そしてわかったときには、もうやり直すこともできず、人生の終わりがすぐそこに迫っていた。

「どいつもこいつも、たわけばかりじゃ！」

兵助はつぶやいたが、誰も反応しなかった。

目の前に敵勢が群れている。鉄砲が鳴り、矢が飛んできた。こちらからも矢玉の返礼があり、敵の前列が乱れた。

「いまじゃ！」

兵助は声を限りに叫びつつ、槍を腰だめにして、甲冑武者がひしめく門の外へと駆け出していった。

裏切り御免

――旗本　阿閉貞征（あつじさだゆき）

一

京の南、山崎の円明寺川べりに陣取った阿閉貞征は、絶え間なく落ちてくる銀の針のあいだを透かして、西の空を見上げていた。

一面に灰色の空の中でも、西の方には黒雲がかたまっており、それがかなりの速さでこちらに流れてくる。朝からの篠つく雨が軍勢の足を留めているが、これでは雨はまだまだやまないだろう。

——いつまでも、やまなければよい。

内心でそう願う声がある。宇治川と桂川、木津川が落ち合うこの地は、湿地や深田が多く、この降りがつづく限り大軍を動かすのはむずかしい。動かなければ合戦もなく、勝ち負けもつかない理屈だ。だが、やまない雨などない。いずれは小降りになり、晴れ間ものぞくだろう。そうなれば血気にはやった敵は法螺貝(ほらがい)を鳴らし、攻め太鼓を打ちつつ押し出してくるはずだ。

貞征はふり返って左右に目をやった。

雨の中、蓑(みの)もつけずに立っている五百の兵がいる。みな貞征の下知(げち)を待っている家来たちだ。

ふっと迷いが生じた。この者たちは、いま何を考えているのか。

十町(ちょう)(約一キロ)ほど先の天王山(てんのうざん)に敵の旗がひるがえっているのは、誰にでも見える。そして戦場で高地を占める有利さは、合戦に出てくる者なら誰でも知っているし、その旗を数えれば、ずいぶんな人数であることも見て取れるはずだ。山上だけでそれだけの人数がいるなら、山麓には優に味方の数倍の人数がいると見なければならない。

負けるとわかっている合戦に付き従う愚か者はそう多くないはずだ。どこまで命令に従わせることができるだろうか。そう思うと、居ても立ってもいられなくなる。

「播磨（はりま）を呼べ！」

「はっ」

近習（きんじゅう）の惣七郎（そうしちろう）に命ずると、阿閉一族であり、家老でもある山本播磨守が草摺（くさずり）を鳴らして現れ、「御前（おんまえ）に」と貞征の前に膝をついた。

「兵どもを二手にわけて、一手はそのままとし、残りの一手は木陰で雨を避けるようにせい。半刻(一時間)ごとに交替すれば、兵どもも助かるじゃろう」

六月半ばという炎暑の盛りだが、雨に打たれて身体にいいはずがない。兵たちが疲れないようにするのは将のつとめだ。その上、木陰にいれば天王山の敵を見ずにすむ。

「承ってござる」

播磨守は兵たちの中へ分け入ってゆき、声高に指示を飛ばしはじめた。いつもながら頼りになる男だった。

「床几をあれへ」

貞征も疲れを覚え、木陰に床几を据えさせて腰掛けた。

——さて、この騒ぎも。

今日で何日になるのだろうか。

ここ数日は、嵐の中でもみくちゃにされているようだった。一生に何度も出会わないような、驚天動地の事柄が次から次へと起こり、そのたびにどうするのかと惑わなければならなかったのである。

そう、六月三日早朝だった。惟任日向守こと明智光秀から早馬が来たのは。

織田信長の旗本である貞征はその日、来るべき中国討ち入りに備えて、本領の北近江にある山本山城で軍旅の支度を調えていた。安土から京へ出た信長が、軍備を調えて馳せ参ずるよう命じて、旗本たちを本領へ帰していたのである。

そこへ光秀の使者がもたらした書状は、「父子悪逆、天下之妨、討果候」とはじまる異様なものだった。

名が記されていないにもかかわらず、父子とは誰を指すのか一瞬でわかった。予感のようなものがあったのだろう。

衝撃が消えぬままに使者の口上を聞くと、

「昨日、京の本能寺で上様父子を討ちとった、これから天下に号令をかけるゆえ、是非とも当方にお味方ありたい」

と言うではないか。

聞いたときには、使者の顔をまじまじと見てしまった。予感はあったといっても、すぐには信じられなかったのだ。

信長と信忠を討ったとしたら、光秀はあるじ殺しの大罪を犯したことになる。しかもただのあるじではない。いまや日本の半分を押さえる上様ではないか。

そんなことが起こっていいものか。

しかしおいおいと入ってくる知らせは、みな使者の言葉を裏付けていた。京の真ん中で煙が上がっていたこと、中国へ向かったはずの光秀の軍勢が京にいること、そして光秀自身はすでに坂本城にあり、安土城はじめ南近江の城はすべて光秀のものになっているなど……。

周囲の諸将は続々と光秀の麾下(きか)に参じ、美濃(みの)あたりからも味方する将たちが祝いの使者を送ってきているようだ。

光秀の謀叛(むほん)は成功したと見えた。

こうなれば成り行きにまかせるしかなかった。貞征は息子の孫五郎を使者に同行させ、安土城に入った光秀に面会させた。そして忠誠を誓い、その命に服することになった。

孫五郎は光秀に命じられて、羽柴秀吉の居城、長浜城を、京極高次とともに攻めた。

秀吉は中国筋で毛利の大軍と対峙していたから、留守城である。といっても秀吉の母と妻が在城していたから、手強く抵抗されるかと覚悟していたのだが、母と妻はいち早く城を抜けたらしく、空城だった。やすやすと城を乗っ取った孫五郎はいまもそこに居座って、逃げた秀吉の母と妻を捜している。

そこまでは光秀も順調だった。

近江と京を平定し、皇室にも認められ、畿内には敵対する勢力はない。細川藤孝など二、三の大名には同心を断られたが、大した瑕ではない。織田家重臣で光秀の敵となりうる羽柴秀吉と柴田勝家は、それぞれ中国筋と北国筋（ほっこく）で強敵と会しており、容易に畿内にもどって来られる情勢ではなかった。

光秀は、七日には誠仁（さねひと）親王からの使者を安土城に迎え、八日に坂本城にもどると、九日には軍勢を引き連れて上洛（じょうらく）した。大坂にいる信長の三男、信孝（のぶたか）を討つためである。光秀は今後、各地に残る信長の遺児や遺臣を一人ずつ撃破していかねばならない立場に立っていた。

貞征も手勢をまとめ、行動を共にした。

信孝の軍勢からは逃げる者が続出し、半数以下になっているとのうわさだった。

信長が討たれた衝撃は、それほど大きかったのである。

おそらく柴田や羽柴の軍勢もおなじ状況だろう。もし畿内にもどってきたとしても、光秀が手持ちの軍勢で打ち破るのはたやすい。

貞征はそう考えていた。

だが十一日になって、事態は急変する。

羽柴秀吉が姫路（ひめじ）まで軍勢を返してきている、との風聞が伝わってきたのだ。

貞征にとっては二度目の衝撃だった。

これも信じられない話である。第一にどうして対戦中の毛利家と和したのか。第二に三万もの大軍が、備中（びっちゅう）から数日でもどって来られるものなのか。ほとんどあり得ない話だった。

しかし続々と入ってくる知らせは、羽柴勢が姫路どころか兵庫や尼（あまが）

崎(さき)まで来ているという、第一報を裏付けるものばかりだった。秀吉の来襲を信じないわけにはいかなくなっていた。

一番嫌なやつが来た、と貞征は思った。秀吉とは浅からぬ因縁があるのだ。あやつが敵になるとは……。胃の腑のあたりが重くなるのを、貞征は感じた。

明智勢は京の南を固めるべく、淀城と勝龍寺(しょうりゅうじ)城の修理にかかった。まさか羽柴勢が中国路を駆けのぼってきたそのままの勢いで、戦いを挑むとは思えなかったからである。

だが十二日になると、それも放棄して山崎へ向かうことになった。羽柴勢がすぐそこまで来ていたからだ。先鋒の池田恒興(つねおき)勢が、天王山近辺に出没しているという。そうなればのんびりと城普請(ふしん)をしているわけにはいかない。

この山崎のあたりは、東側を桂川や宇治川が流れ、西に天王山がある狭隘（きょうあい）な地である。大軍を迎え撃つにはもってこいの場所であり、逆にここを破られると、あとは京の町まで広い野ばかりで、守りやすい天険はどこにもない。人数で劣る明智勢が京をあくまで保持しようとすれば、ここを羽柴勢に渡すわけにはいかなかった。

時がすぎ、昼近くになっても、まだ雨は上がらない。

「木陰で休んでいる兵に、兵糧（ひょうろう）を使うように伝えよ。合戦となったら存分にはたらけるようにな」

これも播磨守に命じた。まだまだ開戦する気配は感じられない。

貞征の手勢は、明智勢のうちでも桂川に近い南側に陣取っていた。

こちらの先鋒は斎藤利三(としみつ)と柴田源左衛門(げんざえもん)の二千。貞征たち近江勢三千は二陣としてその後ろに控えている。

貞征の右手、天王山に近い山手には松田太郎左衛門(たろうざえもん)、並河掃部(なみかわかもん)という丹波(たんば)の武将が先鋒として陣取り、丹波の地侍(じざむらい)衆がその後ろを固めていた。さらにその右備えは伊勢与三郎(いせよさぶろう)に御牧三左衛門(みまきさんざえもん)たち二千、左備えは津田与三郎(よさぶろう)。そして総大将の光秀は、旗本五千とともに最後方、おんぼう塚というところにいる。

昼過ぎに雨が小降りになったが、まだ進軍の下知はない。依然として両軍のにらみ合いがつづいている。

「殿、まだはじまらぬのでござるか」

後藤田六兵衛(ごとうだろくべえ)という古強者(ふるつわもの)が、貞征の前に来た。兵たちもじれて、ときどきようすを聞きたがるようになっている。

「まあ待て。明智の殿はいくさ上手じゃ。敵が仕掛けるのを待っておられる。仕掛けさせて、陣形の乱れを衝くのじゃ」

貞征はそう諭し、六兵衛をなだめねばならなかった。

なにしろ狭隘な地だけに、いくら大軍を擁していても包み込むような攻めはできない。敵は桂川と天王山のあいだの隘路を少人数ずつ出てくるはずだ。こちらは出てきた順に敵を叩けばよい。それがわかっているから、人数に勝る羽柴勢も手を出せずにいるのだろう。

未の刻（午後二時）になった。空は灰色の雲に覆われたままだが、雨は小降りになっている。合戦はまだはじまらなかった。どちらの陣営も静まりかえっているし、本陣からの下知もない。

「これは夜戦になるか」

そう思わざるを得ない。いまただちに合戦がはじまっても、どちらも大軍である。一刻や二刻で片がつくものではない。どうしても夜に入ってしまう。

「夜戦の支度をせい。味方の合印をたしかめ、白い布を腰に下げよ。合い言葉を言い含めておけ」

播磨守に言いつけ、なおも待った。

戦端が開かれたのは、さらに半刻ほどたってからだった。

突然、貞征の右手で法螺貝と武者押しの声が轟き、鉄砲がはじけた。天王山に向かって陣取っていた松田太郎左衛門の手勢が、正面の敵勢に向かって鉄砲を撃ちかけ、突っ込んでいったのだ。

「なぜ松田がはじめたのじゃ」

「おかしゅうござるな」

播磨守は首をひねっている。

軍議では、斎藤利三の手勢が押し出してくる秀吉勢を叩き、そこへ横から松田たち右陣の兵が槍をつけるはずだった。戦い方が変わったのか。

「惟任どのからの下知は！」

「なにもござらん」

しかし戦いがはじまった以上、もう誰にも止められない。止まるのは、勝敗が決したときだけである。

「備えを調えよ。鉄砲放ち、前へ！」

播磨守が下知を近習たちに伝えると、近習たちは手勢に伝えるべく四散した。

雨で乱れていた陣形を調えようとするうちに、前方に展開する斎藤利三の手勢がえいえいと鬨の声をあげ、一斉に前へと進んでいった。

いよいよ始まった。

二

はじめは明智勢が押していた。

松田たちの軍勢に、おんぼう塚にいた光秀の五千の兵が加わり、天王山の麓に陣を敷いていた中川清秀の先陣を蹴散らした。逃げる敵兵を追って、その背後の天王山を奪い取ろうという勢いだった。

右翼が前進すれば、正面の斎藤利三勢も進まねばならない。でなければ右翼の横腹を衝かれてしまう。斎藤勢は円明寺川を渡って前進した。その脇を固めるべく、貞征の手勢も押し出した。

雨は小降りになっていたが、地面はぬかるんでいて足を取られる。貞征は家来たちを叱咤しながら、懸命に進んだ。

——羽柴めは城攻めと調略は上手じゃが、平地での取り合いはどうかな。

下手であってくれ、と貞征は祈るような思いだった。

調略が上手なのは認める。なにしろ貞征自身が、秀吉の調略にのってそれまでの主家、浅井家を裏切っているのだから。

天正元年（一五七三）というと、もう九年もたったことになる。

北近江を支配する浅井家は、越前の朝倉家とむすび、信長と敵対していた。兵力に勝る信長は、浅井領内にいくつもの城を築き、ときに大軍を駆り催して浅井の本城、小谷城を取り巻き、気勢を上げては引き返す嫌がらせを繰り返しつつ、浅井家を圧迫していた。

そのとき近江勢の調略にあたっていたのが秀吉だった。

支城をつぎつぎに落とされ、劣勢覆うべくもない浅井家を見限る者がつぎつぎに出る中、貞征は耐えていたが、あの年、秀吉の甘言にのせられてついに降参してしまった。

あのときは仕方がなかったと思う。織田と浅井では力がちがいすぎ、浅井が勝てるとは思えなかった。信長にひれ伏す以外、家を存続させる道はなかったのだ。

大きな支城と重臣を失った小谷城はほどなく落城し、浅井家は滅びた。

貞征は信長から命と本領を安堵されたが、その代償は払わされた。小谷城に人質として差し出していた十歳の息子を浅井方に殺された上、裏切り者の汚名まで負ったのである。

浅井久政、長政父子の顔はいまでもはっきり憶えている。

父のほうは愚鈍な食わせ者だったが、長政は見た目もさわやかな若者で、将としての器もあったと思う。ほんの赤子のころから見知っているせいか、十歳の息子を殺されはしたが、いまでも悪くは思えない。ときどき何かの拍子に、長政の子供のころの笑顔が頭に浮かんでくるほどだ。

あのころは合戦も少なく、穏やかに暮らしていたと懐かしく思えてくるのである。

――信長さえいなければ……。

いや、そんなことを考えている場合ではない。

円明寺川を渡ったところで、前方が開けた。

見晴らして、一瞬、怖気（おじけ）が走った。狭い川べりを一面に埋めつくして敵の幟旗（のぼりばた）が広がっていた。

――敵勢ばかりではないか。

貞征はうなった。敵のほうが数は多いと覚悟してはいたが、これほどとは思わなかった。

「これは……、大敵じゃ」

播磨守も声をあげる。

これでは勝てないのではないかと思った。しかし敵を前にして逃げるわけにはいかない。

目の前にいるのは中村一氏（かずうじ）の一隊だった。

旗指物（はたさしもの）を背負い、槍先をきらめかせた者たちが、何かに後ろから押されるようにしてこちらへ迫ってくる。絶え間なく響く鉄砲の音に、乱打される押し太鼓、喊声（かんせい）に馬のいななきが混じる。

「ええい、進め進め。兜首（かぶとくび）はそこにあるぞ。みなの者、功名（こうみょう）せい」

自らの気を奮（ふる）い立たせて、先陣に伝令を飛ばした。同時に鉄砲放ちを前に立てた。近づく敵勢に一撃を浴びせようとした。

白煙があがったのは、中村勢のほうが早かった。轟音（ごうおん）と同時に先頭にいた鉄砲放ちが幾人か倒れた。

悲鳴と怒声があがる中、貞征は命じた。

「放て！」

腹に響く破裂音とともに火焔があがり、たちこめる白煙で前がかすむ。銃火をうけて、中村勢でもばたばたと人が倒れる。

鉄砲放ちが一斉に退いた。雨中では鉄砲の弾込めがうまくできない。一発放ったあとは鉄砲をひっこめ、槍を水平にして突っ込むしかない。

「前へ前へ。突っ込め！」

家来たちがおめき叫んで走ってゆく。敵方も負けじと群がり寄せてくる。ぶつかった先手同士が、押しつ押されつの槍合戦をはじめた。

槍を受けて手負いとなった者は、たちまち足軽たちに囲まれ、数人がかりで首をとられる。

家来たちは、それぞれ一族の長(おさ)を中心に数名でまとまって戦場を行き交う。互いによき敵を見つけては突っかかってゆく。その姿をめがけて矢が飛び、鉄砲が咆哮(ほうこう)する。桂川の河原は大混戦になっている。

「殿、一番首じゃ」

後藤田六兵衛(ごとうだろくべえ)が駆けつけてきた。手には血まみれの首をぶら下げている。

「でかした。さっそく首帳につけよ」

近習に命じて、捻首帳(ひねりくびちょう)を開かせる。一番首の手柄だ。六兵衛は興奮して、また敵を求めて飛び出してゆく。

優劣不明の揉み合いは半刻ばかりもつづいた。しかし小雨の中に薄闇が広がるころになると、数に勝る羽柴勢が新手を繰り出してきたばかりか、一部は桂川の対岸を迂回し、明智勢の後ろを衝く動きを見せはじめた。

「これは分が悪いか」

先陣の兵を叱咤している貞征の周囲にも、鉄砲玉が飛びかうようになっている。そこへ播磨守が駆け寄ってきた。

「殿、深入りは禁物でござる。退き時を考えなされ」

明智勢は劣勢に追い込まれている。前線に出て敵の中に取り残されるな、と言うのだ。

「そうまで悪いか」

「もはや後詰めもおらず、逃げ出す兵もおる始末じゃ」

最後はささやき声になった。貞征の近習や馬廻りの兵たちも浮き足だちはじめている。

「山手のお味方が崩れたぞ！」

そこへ叫び声があがった。見ると、天王山の麓まで攻め込んでいた松田たちと光秀の旗本勢が、どっと後退をはじめていた。兵の数もずいぶんと減っていて、羽柴勢の旗印に包まれかけている。

「これはいかん。御大将があぶない」

光秀の旗本が崩れれば、それはすなわち味方の負けだ。しかしいまはどうすることもできない。右前方では、まだ斎藤利三の手勢が奮戦している。ただしこちらも左右から敵勢に包まれていた。

「退いたほうがようござる。兵をまとめなされ」

ここで逃げるのか、と貞征がためらっていると、後方でわっと声があがった。

「何ごとじゃ！」

薄闇の中を透かしてじっと後方を見ていた播磨守が、

「どうやら敵が後ろに回ったようでござる」

と言った。

「あれは池田の旗印じゃ」

播磨守の言葉は正しかった。羽柴勢の右翼だった池田恒興の兵が、迂回して味方の後方に回ったのだ。

貞征の手勢は、後方の備えから逃げ出しはじめた。後ろの者が逃げたのが次第に前へと伝わってゆく。裏崩れといって、全軍崩壊の兆しだ。

――負けた。

もう猶予（ゆうよ）はならない。

「退（ひ）くぞ」

播磨守に告げた。

「みなの者、集まれ。殿をお守りせよ。逃げても討たれるぞ。集まれ！」

播磨守が声を嗄（か）らして叫ぶ。その一方で播磨守は惣七郎（そうしちろう）に、

「殿の馬を引いてまいれ」

と命じた。

「あと一刻もすれば暗くなり申す。それまでなんとか……」

逃げきれ、という。

集まってきた数十名とともに、貞征は後退を開始した。

三

月もない暗闇（くらやみ）の中、貞征は馬を歩ませていた。

惣七郎が手綱（たづな）をとり、播磨守が横についている。馬の前後には二十名あまりの兵が従っているが、誰もひと言も発しない。山中の細道を黙々とただ歩いていた。

まだ雨は降りつづいている。月明かりがないのは幸いだが、濡れた身体が重く、夏とはいえ寒さも感じる。

もう京の町は過ぎただろうか、と考えた。あれから三、四刻（とき）はたっているから、もう比良の山並みに行き着いてもいいはずだ。

「いまどのあたりじゃ」

播磨守に訊いてみた。

「さて、なんとも。先ほど渡ったのが桂川であれば、愛宕山の麓かと」

「まだそんなところか」

先は長いと思うと、甲冑の重さが耐えがたく感じられてくる。

「なに、ここまで来れば敵に追われることもござるまい」

慰めにもならぬことを言ってくれるものよ、と思う。

「勝龍寺城にいれば今ごろは、火の出る勢いで攻められておりましょう」

戦場を抜け出すときに、あの城へ逃げ込もうかとも思ったのである。しかし羽柴勢の勢いを見ると、とてもあの小城が持ちこたえられるとは思えなかった。結局は通り過ぎ、そのまま北上して山中へ逃げ入ったのだ。

どうやら敵には追われずに済んだが、北近江の居城へ帰るには、かなり険しい道のりとなる。

「方角を間違えたかな」

「いや、この道でようござる。あのまま東へ向かえば、敵に追われたは必定（ひつじょう）」

播磨守が言う。そうかもしれない。京の南を過ぎて醍醐（だいご）から山科（やましな）あたりへ向かえば、さほど険しい山はないが、それだけに敵に見つかるおそれがある。

貞征は口を閉じた。また黙々と馬を進める。

しばらく行ったところで、休憩を取ることにした。馬も人も疲れ果てていた。兵たちはそぼ降る雨もかまわず、せまい山道のあちこちに死人のように寝転がった。

「どちらへ参りましょう。坂本を目指されるか、それとも比良の山を越えて、湖水を渡って城へ帰られるか」

先導役として前を歩いていた後藤田六兵衛がたずねに来た。

「坂本といっても、惟任どのがどうなったかわからぬしな」

坂本城は光秀の城である。負けた光秀が逃げ込むとしたら坂本城しかあり得ない。坂本城で反撃の機会を狙うだろうと、誰しも思うところだ。しかし、それも光秀が坂本城まで行き着ければの話である。あの乱戦の中、果たして逃げ切れただろうか。

貞征は播磨守の意見を聞いた。

「まずはわが城までもどられませ」

播磨守は主張する。

「兵がいないのに他人の城に入っても、軽く扱われるだけじゃ。まずは疲れをとり、傷を治し、新しく兵を調えてから坂本城へ入っても遅くはござらん」

もっともな意見だった。

「それに、孫五郎が首尾よくやりおおせているかもしれんしな」

「さよう。そうなれば大手柄でござる」

息子、孫五郎の才覚次第では、あるいは羽柴勢に対抗できるかもしれない。まだまだ手だてはあるのだ。

結局、一路、山本山城を目指すことになった。

あたりはまだ真っ暗だが、そろそろ一番鶏が鳴き始めるころだろうか。しばらく歩いたあと、隊列が止まった。

「どうした」

惣七郎を様子見に行かせると、すぐに復命してきた。

「先に明かりが見えるそうで。落ち武者狩りの一揆連中ではないかと、後藤田さまが」

「どれほどの人数じゃ」

「それはまだ。後藤田さまが探って来られるそうで、先に行かれました」

貞征には返す言葉もない。いま一番恐ろしいのは、敵勢より落ち武者狩りである。

一揆勢といっても、みな鎧兜の一式、槍と弓くらいは備えている。しかも在地の者どもがこぞって落ち武者を狙うから、その人数も数十人どころか数百、数千に達することもある。見つけられたらまず助からない。

息をひそめて待つあいだが、異様に長く感じられた。

――かような目にあうのは……。

二度目だ。いや、三度目か。

一度目は姉川(あねがわ)で織田勢と戦ったときだ。千の兵を預けられ、姉川を渡って織田の大軍へ突進していった。信長の眼前まで迫ったものの、結局は討ち破られて敗戦、城へ逃げ帰ったのだ。

あのときも味方の何倍もの大敵に挑みかかり、初めのうちは押していたものの、最後は後方から裏崩れして負けた。

生まれて初めての大いくさに負けて、どうなることかと恐れおののいたのだが、地元近江での敗戦だったのが幸いした。落ち武者狩りの心配はせずに済んだし、織田勢も疲れ果てていたのか、しつこく追っては来なかった。今度のように遠い他国で負けるのとはまったく違っていた。

そしてしばらくして信長に降参し、その旗本となった。その後にも敗戦の経験がある。越前の木ノ芽(きのめ)砦を守っていたとき、一向一揆(いっこういっき)の大軍に攻められ、落城寸前に逃げ出したのだ。あとからあとから押し寄せてくる一揆衆に押し出されたような敗戦だった。いっしょに逃げ出した近習が何人も討たれるような厳しい脱出行だったが、からくも生き残ってきた。

「いくさの勝ち負けなど、時の運よ。のう」

播磨守に同意を求めたが、返事はなく、軽くうなずいただけだった。誰も彼も疲れ果てているのだ。

ようやく六兵衛がもどってきて、

「この先に一揆勢が網を張ってござる」

と告げた。ぎょっとする貞征たちに、

「進むのは危のうござる。少し引き返して、さらに山奥へ入るしか道はござらん」

と言う。その声には張りがある。暗くて六兵衛の表情はわからないが、まだ元気は残っているようだ。

「引き返すのか。ようやくここまで来たのに」

不服だったが、逡巡している暇はない。

「やむを得ん。ここは一旦、退くといたそう」

意見の割れないうちにと、貞征は素早く断を下した。六兵衛の言うように、来た道をもどることにする。

しばらく歩くと平坦な地に出た。雨もようやくあがってきている。

「ここなら一揆勢も来るまい。心やすく一休みなされ」

六兵衛が言うので、一行は濡れた地面にへたり込んだ。明るくなるまでひと眠りすることにした。貞征も濡れた草の上に横になった。疲れがどっと身体の上に覆いかぶさってきて手足を重くする。降るような虫の声の中、貞征はたちまち深い眠りに落ちていった。

「おのれ、狂うたか！」

突然、頭上で大音声が響いて、貞征は目を覚ました。同時に刀が打ち合わされる音が響き、数人の足音と怒声が入り乱れた。

熟睡していた身体はすぐには動かない。呆然と騒ぎを見あげているしかなかった。

夜は明けていた。薄暗がりの中、黒い木立を背に手槍を振るう者たちの姿が灰色の人形のように見える。

眼前で行われる激闘は、すぐには片がつかなかった。一揆勢が襲ってきたのかと、廻らない頭で思ったが、そうではなかった。戦っているのは六兵衛の手勢と、播磨守と惣七郎たち近習だ。

仲間割れではないか。

「これ、なにをする。仲間内でなにをする！」

ようやく身体が動くようになり、立ち上がって引き分けようとした。だがその時、六兵衛が播磨守の家人の槍に串刺しにされ、どうと倒れた。

主を失った六兵衛の家人たちは山中へ逃げ散っていく。

「こ、こやつ、殿を一揆勢に売ろうとした」

肩を上下させ、荒い息をつきながら播磨守が言う。

「さっき物見に出てからどうも素振りが怪しいので注意しておったら、殿の寝首を掻こうと言ってきおった。一揆勢に渡せば、われらは生きて帰れると。とんでもないやつじゃ」

「まことに、犬畜生にも劣る輩で」

惣七郎も息を弾ませている。

見回すと、槍を杖にしてやっと立っている者や、手傷を受けてうめいている者もいた。血糊のついた刀や槍を手にした兵は、貞征をじっと見ている。

「苦労じゃ」

播磨守たちの視線に押され、貞征はやっとそう言った。

「そなたらのはたらきは、忘れん」

それでも兵たちは動かない。やむなく、

「帰ったら、褒美は思いのままじゃ」

と付け加えた。やっと兵たちから息が漏れ、刀を鞘に収めた。貞征はほっとした。

「こうしてはおれん。出立じゃ」

草むらの中に六兵衛の死骸をうち捨てて、十人あまりに減った一行は歩き出した。

——孫五郎は、しかとはたらいているか。

そろそろ長浜から戻っているだろう息子の顔を思い描いた。まだ生き残るための手は残っている。とにかく城に帰り着かねばならない。

四

落ち武者狩りの一揆勢に見つからぬよう山中を用心深く抜け、比良の山並みを越えた。

湖水が見えたときには、思わず歓声があがったものだ。これでもう、落ち武者狩りを恐れずにすむ。

湖畔に降りると船を雇い、深緑色の湖水に漕ぎ出した。対岸の山本山城まではあとわずかだ。船は沖合に小さく見える竹生島(ちくぶしま)に向かって、ゆっくりと近づいてゆく。湖面は静かで、船のたてる波がときどききらりと光るばかりだ。

——ともあれ、帰り着いた。

そう思うだけで、何とも知れぬ安堵を覚える。この地こそ自分のいるべき土地だと思うのだ。

もともと阿閉の一族は古くから北近江に勢力をもつ国人(こくじん)で、そのままでも満ち足りた暮らしを送っていた。数十年前に北近江に下克上の風潮が起こり、国主が京極家から浅井家に変わっても、浅井家に重臣として扱われたほどの家だった。この豊かな地に根を下ろし、土地の者に殿さまとあがめられて、楽々と暮らしていたのである。

ところが浅井家が織田信長と手を切ったことから、事態は一変してしまった。尾張(おわり)、美濃、伊勢(いせ)に畿内の兵も加えた何万という大軍勢が、北近江に攻め込んできたのだ。

浅井家も戦ったが、力の差は如何ともしがたく、次第に追い詰められていった。織田の兵が村に火をつけ、収穫を迎えようとしていた田畑の作物を無惨に刈りとる乱妨をはたらいても、城に籠もってじっと耐えていなければならなかった。

貞征が浅井家を見限って織田に寝返ったのは、そんな耐えがたい日々を三年あまり耐えたあとである。不本意だったが、生き残るためにはやむを得なかった。そもそも禍を招いたのは、信長より朝倉家を同盟相手に選んだ久政・長政父子のあやまちである。愚かなあるじにつき従ってともに滅ぶ義理はなかった。

しかし、そのあとも安閑としてはいられなかった。寝返りの直後には織田勢の先鋒として越前攻めに使われたし、そのあとも摂津や伊賀、信濃や甲斐まで、信長の旗本として各地を転戦しなければならなかった。辛い日々がつづいた。

貞征は、領地を増やし、出世したくて信長に降ったわけではない。先祖伝来の本領を保ち、生き残るために頭を下げただけだ。各地を転戦して織田家の敵を討ったのも、そうしなければ領地を取りあげられてしまうからだ。好んで合戦に出たわけではない。この地で平和に暮らしていけるなら、ほかになにも望むものはないとすら思っていた。

だがそれだけの小さな望みでさえも許されなかった。

思えば光秀に味方したのも、それ以外に選ぶ道がなかったからだ。否と言えば、小さな山本山城など真っ先に攻め潰されていただろう。

やり直せるものならやり直したいが、そんな望みが叶うはずはない。

船尾で櫓を漕ぐ音が耳につく。船は竹生島を右手にし、湖水に突き出た葛籠尾崎(つづらおざき)の断崖をやり過ごした。すると湖水の向こうに城が見えてきた。

「すでに山崎での敗軍は伝わっておりましょう。家中の者が騒いでおらねばようござるが」

「孫五郎が鎮めておるわ。心配はいらん」

播磨守の心配を、貞征は一笑に付した。阿閉孫五郎は貞征自慢の息子である。体格雄偉(ゆうい)で膂力(りょりょく)にもすぐれ、安土で相撲会(すもうえ)を開いたときなど、奉行として相撲人たちを取り仕切っていたのに、とくに信長に請われて相撲をとったこともあるほどだ。

まだ若くて思慮に欠けるところもあるが、貞征についていくさの場も何度も踏んでいる。家中を動揺させたりはしないだろう。

「孫五郎さまはご立派なれど、敵勢がどこまで迫ってきておるか、気がかりでござる」

なるほど。こちらは山中を彷徨(ほうこう)していたので、ここへ来るまでに二日がかりだった。だが山崎の戦場から北上し、山科から逢坂(おうさか)の関を通り抜ければ、羽柴の軍勢は一日で楽々と近江に至るはずだ。光秀の居城、坂本あたりなら半日だろう。敵が迫っていれば、家中の動揺はそれだけ激しくなる。

「敵は大軍勢じゃ。さように早くは動けまい」

山崎の敗戦が腹立たしくもあって決めつけるように言うと、播磨守はきっとして言い返してきた。

「殿は、羽柴の軍勢が備中から何日で山崎までもどってきたか、お忘れか」

「………」

「あの者は思いもよらぬ手だてを用いて来ますするぞ。おわかりでしょうが」

「わかった。しかし船の上ではどうにもできまい。まずは孫五郎の話を聞くことよ」

話を聞くのがうるさくなってきて、適当にいなした。とにかくまだまだあきらめはすまい。孫五郎がうまくやっていれば、巻き返しはできる。

湖南の、広やかな野につづく岸辺とはちがって、湖北の岸は荒々しい山肌が急に湖水に落ち込んだ場所が多い。山本山城は、その湖水を囲む壁のような山々の南端に築かれている。

ようやく岸に着いた貞征たちは、すぐに城下の屋敷へ入った。

「父上、ようご無事で！」

孫五郎と留守居の近習たちが、門まで駆けつけてきた。

「いち早く城へもどってきた者から、敗軍の知らせは受けておりました。父上は乱軍の中を逃れたはずと聞いて、安土まで人をやってござるが……」

そこへ妻や娘など一族の者がばらばらと出てきた。無事を祝う者、泣き出す者など、屋敷の前庭はとんだ愁嘆場となった。

――この者たちを、守らねばならん。

萎えかかる気力を奮い立たせた。まだまだやるべきことはある。

「籠城の支度はできているか」

まずは守りを固めることだ。その上で交渉にかかれば何とかなるかもしれない。いや、何とかしなければならない。

「は、取りかかっております」

「羽柴の軍勢はどこまで来ておる」

「すでに長浜まで」

「なに？」

意外だった。早すぎる。ちらりと播磨守を見た。暗い顔をしている。

それみたことかというのだろう。

「安土も坂本も通り越して、長浜か」

「安土城も坂本城も焼け申した。うわさではござらん。使いの者が見てきたことにござる」

ため息が出る話だった。坂本城が焼けたとは、光秀がかなわじと悟って火をつけたか、でなければ羽柴勢に攻略されたのだろう。

「それでは惟任どのは……」

孫五郎は首を振った。

「惟任どのの行方は、いまだ聞こえて来ませぬ。こちらへ文もなければ、どこへ現れたとのうわさもござらん」

総大将の行方が知れないのでは、もう光秀に味方した者たちの運命は決まったようなものだ。

「これほど手ひどく負けるとはな」

信じられないことばかりつづく、と思った。光秀に味方すると決めたときには、こんなことになるとは思いもよらなかった。それが十日あまり前のことだ。わずか十日で、こうも変わるものなのか。

しかも、光秀を壊滅させたその相手が秀吉とは。

なんと運の悪いことか。

貞征は一度、秀吉と衝突してその顔を潰している。

浅井家が滅亡したあと、貞征は寄騎として秀吉の配下に組み込まれた。秀吉の命令を聞かねばならない立場となったのだが、秀吉との仲はしっくりいかなかった。あげく伊香郡の領地を巡って争いとなり、信長の近習に秀吉の横暴を訴えたりもした。

これが信長の耳に達して、貞征は秀吉の寄騎をはずされ、信長直属の旗本となったのだが、秀吉の面目を失わせる結果となったのは否めない。それ以来、秀吉は貞征に恨みを持っているはずだ。

貞征は頭を振った。悪いことばかり考えてはならない。まだ望みはある。

「あれはどうなった」

不安そうにあれこれ話しかけてくる孫五郎をさえぎって、貞征は訊いた。

「は？」

「あれじゃ、あれ。羽柴の女房と母親は捕まえたのか」

うんと言ってくれ、と祈る心境だったが、孫五郎は首を横に振った。

「城下をくまなく捜し申したが、どこにも見あたらず、城の誰を問い詰めても知らぬ存ぜぬで」

思わずため息が出た。

長浜城にいた秀吉の妻おねと母を捕らえれば、秀吉との交渉に持ち込めると思っていた。それが唯一、秀吉に対抗できる手段だったのだ。一縷の希望と思い詰めていたのに、まったくの期待はずれだった。

しかし落胆している暇はない。生き残るためにはつぎの手を考えねばならない。

相手は山崎での合戦に打ち勝っただけで、畿内を治めたわけでもないし、ましてや近江一国も押さえていない。これから手を下さねばならないことはいっぱいあるだろう。山本山城のような小さな城ひとつにこだわる暇はないはずだ。詫び言をのべた上で籠城も辞さぬ覚悟を示せば、あきらめて許すのではないか。

「使者を出せ！　使者を！」

播磨守に命じて家中の老臣から口の達者な者を選ばせた。そして、わが家は光秀にうまく乗せられたのであって、秀吉に対して敵意はない、お詫びのために貞征は出家するので、本領を安堵してほしいと頼み込むよう言い含めて、長浜城に向けて出立させた。

あとは籠城して吉左右(きっそう)を待つだけだ。ふだん住んでいる麓の屋敷から、山上の城に移らねばならない。

山本山は小半刻（三十分）ほどで登れる小山だが、山頂には本丸から三の丸までの曲輪(くるわ)がある。信長の大軍をも退けた堅固な城だ。貞征にとっては、文字通り最後の拠(よ)り所である。

「お、これはなんじゃ」

山上の本丸に入り、城主の住まいである母屋へ入っておどろいた。

金銀の延べ棒や唐渡りと見える茶碗など、豪華な宝が並んでいる。

「孫五郎さまが長浜城から持ってらしたもので」

家来の言葉を聞いて、力が抜けた。

——孫五郎め、秀吉の妻と母を捜しもせず、こんなものを弄んでおったのか。

怒りより先に底知れぬ失望が襲ってきた。阿閉家は滅びるかもしれないと、はじめて思った。

五

山道に丸太を落として不通にしたり、斜面の逆茂木を増やしたりと、籠城前にすべきことはいっぱいあった。貞征は本丸の母屋前に立ち、家来たちに指示を飛ばした。

「今日明日にも羽柴めが攻め寄せてくるかもしれんぞ。手間を惜しむな。きりきりとはたらけ」

貞征の叱咤に、足軽から侍身分の者まで、みな半裸になって石や材木を運んだ。

「小なりといえど、信長公の大軍を何度もはね返した城じゃ。羽柴ごときが来てもたやすくは手柄を立てさせんぞ」

兵たちを鼓舞するため、貞征は叫ぶ。

山本山城の本丸といっても、山頂に十丈（じょう）（約三〇メートル）四方ほどの土塁（どるい）を設け、上に柵を引き回しただけのものだ。その中に城主の母屋(おもや)と遠侍(とおざぶらい)、足軽の寝小屋がある。

　本丸のすぐ南に二の丸がある。こちらは一回り大きくて四隅に櫓(やぐら)も備え、麓から登ってくる道を扼(やく)している。播磨守が二百の兵を擁して敵襲に備えていた。東方の斜面には三の丸もあって、こちらも百名の兵を籠めてあった。

　日暮れまでに曲輪のあちこちに幟旗を立て、戦意が盛んなことを示した。

　使者はまだ帰ってこない。たやすい交渉ではないから長引くのは無理もないと思う一方で、別の不安も湧いてくる。

　その夜、貞征は孫五郎に命じた。

「そなた、城を落ちよ。間道(かんどう)伝いに敦賀(つるが)へ出て、柴田どのを頼れ」

孫五郎は驚いている。無理もない。まだ合戦になるかどうかすらわかっていないのだから。

「敵が来てからでは遅い。大軍で囲まれたら、落ちることもできぬぞ」

「……ひとりで落ちよと？」

不安そうな孫五郎に、貞征はうなずいた。

「ひとりがよい。われらはここで羽柴勢を抑える。阿閉家の血を絶やさぬよう、別れるのじゃ」

「父上はあの詫び言が通らぬと見ておいでか」

「わからん。五分五分じゃろう。ならば通らなかったときのことも考えておかねばならん。それこそ家を保つための知恵よ」

ぐずる孫五郎を、貞征は口説いた。

貞征の頭には、いやな記憶が甦っている。八年前に岐阜城で見せられた、浅井久政と長政父子の頭蓋骨である。

ふたりの頭蓋骨は漆で固められた上に金粉をかけられ、珍奇な見世物として、正月の年賀におとずれた信長家臣たちに披露された。それだけ信長の憎しみが強かったのだろう。

ひと目見て吐き気を催したが、信長の前でそんな素振りを見せるわけにもいかず、難渋したものだ。

信長はもうこの世にいないが、秀吉に憎まれている以上、自分たちもああなるかもしれない。

それはたまらない。せめて孫五郎だけでも生き延びてもらいたいと思う。

結局、孫五郎は同意し、真夜中に城を落ちていった。

不安な夜が明けても、使者はもどらなかった。やはり無理だったかと貞征は思った。詫び言は通らず、使者は斬られたのかもしれない。

じりじりと時が過ぎてゆく。

この城に籠もるのは九年ぶりになる。織田家と浅井家が争っていたころだ。しかしあのときは一里ほど東の小谷城に主の浅井家があり、その後ろにはさらに強大な朝倉家もいた。決して貞征だけが籠城したのではなかった。

いまは味方などひとりもいない。まったくの孤立無援だ。

昼過ぎになると、恐れていたことが起こった。羽柴の軍勢が姿を見せたのだ。

それも最初は小勢だったのに、こちらから手出しをしないでいると徐々に増えてきて、夕方には麓の三方を囲んでしまった。

敵の大軍勢を見て沈み込んだ家来たちを励ますため、貞征は城中を回って檄（げき）を飛ばさねばならなかった。

「うろたえるな。あれしきの軍勢でこの城は落ちぬ。昔を思い出せ。信長公の軍勢も、この城にはついに手出しできなかったぞ」

本丸から二の丸、三の丸とそう言って回るが、家来たちは動揺を隠さない。

いらいらするうちに、惣七郎が走ってきて貞征の前に膝をついた。

「お使者、ただいまもどってござる」

「おお」

思わず声をあげた。あきらめかけていた使者だった。復命したということは、詫び言が通ったのか。

急いで本丸にもどる。使者は母屋の広間に端座（たんざ）していた。上座にすわるなり、貞征は声をかけた。

「ようもどった。して、首尾は！」

「……無念ながら」

そのやつれた顔を見ただけで、交渉が不首尾だったと悟った。愕然とする貞征に、さらに使者は言った。

「羽柴どのは、一度ならまだしも二度も主君を裏切りし大不忠者は生かしておけぬ、阿閉の一族はみな引っ捕らえて磔（はりつけ）にしてやる、と仰せで、御許容ならず……」

「なんじゃと！」

かっとした。主君、浅井家を裏切らせたのは秀吉自身ではないか。

「あの猿めが！　どの口から不忠者などと言えるのじゃ」

「しかも……」

使者はつづける。

「逃げようとしても無駄じゃ、城はすでに取り囲んで誰も逃げられぬと伝えよと仰せられ、その証拠にと、孫五郎さまの御首（みしるし）を見せられました」

「なに！」

「孫五郎さまに、間違いありませなんだ」

昨晩、北国への道を見張っていた一揆連中が仕留めて、秀吉のもとへ持ち込んだのだという。

「む、む……」

うなるしかなかった。

「えい、こうなれば武門の最期の意地じゃ。恥ずかしゅうない舞いを舞ってくれるわ。みなの者に油断するなと伝えよ」

秀吉の手にかかるくらいなら討死したほうがましだ。

死ぬ前に、攻め寄せてくる羽柴勢にひと泡吹かせてやる。

惣七郎にそう命じて立ち上がり、本丸の庭へ出た。

途端に、兵たちの騒ぎが耳に入った。空を指さして何か言っている。

見上げた先に見えたのは、もうもうと立ち昇る黒煙だった。

「どうした！　どこが燃えておる」

叫ぶと、惣七郎が駆けもどってきた。

「二の丸が、二の丸が燃えてござる。どうやら播磨守さま、ご謀叛のようで」

播磨守が？　わが一族ではないか。なぜだ！

「こちらに攻め寄せて来まする。いかがなされますか」

本丸の大手門は閉じられていたが、守備しようとする兵はいない。早くも柵を乗り越えようとする兵の顔が見える。

——六兵衛といい、播磨守といい、なぜにあるじを裏切るのじゃ！

おどろいて立ちつくす貞征の眼前に、旧主浅井長政の顔が浮かんできた。笑いながらこちらに迫ってくる。

「よせ！」

貞征は刀を抜いて空を斬った。九年前、貞征が寝返ったときに味わったであろう無念をはらしに、いまになって長政が立ち現れたのかと思ったのだ。

「わしではない。すべては信長のせいじゃ！」

そうだ。信長さえ現れなかったら、みなのどかに暮らしていられたはずだ。災いをもたらしたのは信長だ。恨むなら信長を恨んでくれ。

なにもかも破壊され、振り回されたのはこちらもおなじだ。

殿、殿と叫ぶ惣七郎の前で、貞征は刀を振り回しつづけた。

門を打ち破った播磨守の手兵が、そんな貞征めがけて殺到してきた。

本書は、株式会社PHP研究所のご厚意により、PHP文芸文庫『あるじは信長』を底本としました。但し、頁数の都合により、上巻・下巻の二分冊といたしました。